雅歌译丛

古米廖夫诗选

第六感觉
Шестое Чувство

〔俄〕
古米廖夫
Николай Степанович Гумилёв
著

关引光
译

山东文艺出版社

序言：诗人的英雄情结与未了心愿

谷　羽

"艺术作品始终像它应该的那样，穿过拒绝接受它的若干时代之死亡地带，在后世复活。"这是诗人勃洛克在《论艺术与批评》一文中的论述。俄罗斯文坛的诸多事例一再验证这位大诗人的高瞻远瞩。

俄罗斯白银时代诗人尼古拉·古米廖夫（1886—1921），是阿克梅派的代表性诗人和首领，独特的诗风和传奇经历，为他在诗坛赢得了广泛的声誉。三次远赴非洲探险，两枚圣乔治十字勋章，让许多亲友视他为英雄。而他对安娜·阿赫玛托娃的追求、二人的结婚与离异，更引起了无数读者的好奇与关注。

1921年8月，古米廖夫35岁，大好年华，不料被牵涉进一桩"反革命案件"，不久即被处决，此后60余年被云遮雾罩，默默无闻，直到1986年，在他百年诞辰时才被平反昭雪，恢复名誉。诗人的作品穿越了60余年的死亡地带，再次复活，得见天日。

阅读古米廖夫的诗歌作品引起我的深思。为什么诗人一而再、再而三地远赴蛮荒的非洲？为什么游历古老的斯堪的纳维亚？为什么向往远东地区的神奇国度？为什么一再歌颂航海的船长、征服者与冒险家？支撑他远行探险的内因究竟是什么呢？难道他去非洲仅仅是为了观赏美丽的长颈鹿吗？

古米廖夫对中国也充满了向往与好奇，不止一首诗写到中国，还像他所推崇的普希金一样，渴望走到万里长城。此外，他还借助法语翻译中国诗歌，出版了《琉璃凉亭——中国诗集》，这究竟是什么原因呢？

诗人尼古拉·古米廖夫与安娜·阿赫玛托娃都曾居住在圣彼得堡附近的皇村，他们两个人是不同年级的同学。17岁的尼古拉·古米廖夫，爱上了14岁的安娜·戈连科，几次求爱，遭到婉言拒绝，古米廖夫曾痛苦地服毒自杀，经人抢救才保全了性命。安娜既害怕又感动，终于在19岁时同意嫁给他。然而好景不长，儿子列夫出生不久，夫妻不和，经常争吵，最后不得不分手。两位诗人的爱情与婚姻为什么竟然是这样的结局呢？

古米廖夫聪颖早慧，8岁开始写诗，上学期间，成绩平平，原因是痴迷惊险小说，分散了钻研课业的精力。但这为他日后渴望远行、勘察、探险，在潜意识里埋下了种子。

少年古米廖夫迷恋尼采的《查拉图斯特拉如是说》。尼采提倡"超人"哲学，认为超人是自我超越，超人具有大地、海洋、闪电般的气势，具有超强的意志力。超人是对天国的否定，对上帝的替代。古米廖夫诗中时常出现的"深邃""崇高""辽远"等修饰语，自我比喻为"穿铠甲的征服者",无意间透露了他与尼采精神的依承关系。诗人歌颂"船长",渴望发现新大陆,自愿报名以骑兵身份参加第一次世界大战,冒死冲锋陷阵,其英雄情结,可以在尼采的"超人"学说中追根溯源。

1906年,20岁的古米廖夫在巴黎期间,有一次见到梅列日科夫斯基和吉皮乌斯,他说的几句话让这对夫妇感到意外和震惊:"我一个人就能改变世界。在我之前,佛陀和基督都尝试过,可惜他们都没有成功。"在吉皮乌斯看来,这个年轻人说的是狂妄的疯话。但狂妄之中隐含着信息,那就是古米廖夫醉心于"玄想"和"宗教神秘主义"。这是一把钥匙,有助于我们理解他的诗中常常出现的词语"术士""咒语""魔鬼""祭祀"。他的三次非洲之行,对神秘东方的向往,都与此有关。他在非洲冒着生命危险,深入丛林部落,接近酋长,了解祭祀仪式,收集神话传说,都跟他的宗教探索有关。他在《记忆》一诗中写道:

只有蛇才会蜕皮,

是为了让灵魂衰老和成熟,

唉,我们和蛇类却不一样,

我们变换的是灵魂,不是肉体。

关注灵魂,往往与探索宗教信仰紧密关联。

古米廖夫有一首诗题为《回归》,值得关注,一个消瘦的黄种人以向导身份出现在抒情主人身边,他们俩结伴同行,翻山越岭,长途跋涉,走到了中国的万里长城脚下。黄种人跟他告别,要去种稻、栽茶;而抒情主人翁则惊喜地发现：

> 在洁净的丘岗上，在茶园的上边，
>
> 在一座古老的佛塔旁佛陀在静坐。
>
> 我心中暗喜，俯首膜拜，
>
> 感到有生以来从未有过的欢喜。

看来，诗人向往东方，心系中国，主要动因在于探索佛教与佛学的奥秘。

古米廖夫很有眼力，爱上了聪颖有才的安娜·戈连科，经过多年追求，终于结为伉俪。安娜以笔名阿赫玛托娃写诗，很快引起诗坛重视。她的诗名甚至超越了古米廖夫。一般读者和诗歌爱好者，都会由衷地祝福这对诗坛情侣生活美满和谐。谁会想到，几年后，他们婚姻破裂，导致分手。其实，他们婚后生活的矛盾与冲突，在诗歌当中早有体现。比如阿赫马托娃在一首无题诗中写道：

> 他喜欢世上的三种事物：
>
> 傍晚的歌声，白孔雀，
>
> 磨损的美洲地图。
>
> 他不喜欢婴儿啼哭，
>
> 不喜欢喝茶泡马林果，
>
> 不喜欢女人歇斯底里。
>
> ……而他的妻子是我。

阿赫马托娃和古米廖夫的儿子列夫，小名辽瓦，三岁就什么话都会说了。有人问他："爸爸是谁？妈妈是谁？"辽瓦回答说："爸爸是诗人。妈妈是歇斯底里。"一般人很难想象，优雅的女诗人也会大发脾气，歇斯底里。在什么情况下，她才会吵闹喊叫呢？那就是丈夫移情别恋，有了外遇。辽瓦出生于1912年10月，转年10月，女演员奥尔加·维索茨卡娅和古米廖夫的儿子出生，小辽瓦有了个同父异母的弟弟。1918年古米廖夫跟阿赫玛托娃离婚以后，第二次结婚，妻子姓恩格尔哈特，名字也叫安娜。她为古米廖夫生了个女儿，起名海伦。没有人知道，古米廖夫给女儿起这个名字，是暗自纪念他的法国情人。

古米廖夫写的诗《唐璜》当中，有这样的诗行：

我的梦想既放荡又简单：

只知道抓起船桨，踏上马镫！

不管漫长岁月荏苒流逝，

时时亲吻那些可爱的新欢。

显然，诗人不想受婚姻的束缚，征服女性的"唐璜气质"，在他身上有所体现。当然，我们不应当仅仅指责古米廖夫的不忠。阿赫玛托娃同样具有追求自由的个性，结婚不久，单独去法国，结识了意大利画家莫迪利亚尼，两个人关系亲昵，画家以她为模特画了不少素描画像。

1915年阿赫玛托娃爱上了另一个画家鲍里斯·安列坡，送给他一枚黑戒指做信物，还写了一生当中唯一的一首贯顶诗，每行诗开头的第一个字母从上到下念出来，就是情人的名字。既然丈夫和妻子，两个人都不想受婚姻约束，这个家庭走向解体也是注定的结局。

阿赫玛托娃以后再婚，还有第二任、第三任丈夫，但她心里明白，最值得怀念和敬重的还是尼古拉·古米廖夫。1921年8月她写过一首无题诗：

　　注定你不可能存活，

　　难以从雪地上爬起来，

　　二十八处刺刀伤口，

　　五颗子弹把你杀害。

　　我为朋友缝了一件

　　令人心碎的殓衣。

　　俄罗斯大地贪婪啊——

　　贪恋这斑斑血迹。

这是阿赫玛托娃对古米廖夫的真诚而心碎的追悼。她最为了解诗人的英雄情结、超人气质和坚毅冷峻的个性。这样的人物，在非洲，可以直面死亡，猎杀狮子和豹子，在战场，冒着枪林弹雨冲锋陷阵，能荣获勋章，但是面对时代风暴，面对个体与群体的碰撞，注定了个体的毁灭。

据说，古米廖夫在被押上刑场面对死亡的时刻，他的冷静镇定，让执行枪决的契卡人员也感到震惊。那一刻，诗人心里在想什么呢？无人知晓，难以猜测。但从他的作品不难推断，他还有很多未了的心愿。比如，再去非洲，改变土著部落的信仰与生活方式；到中国旅行，去寺庙拜佛，与僧人交往，探寻佛学的奥秘。当然，他也会想到他的两次婚姻，两个儿子一个女儿，因为那毕竟是他的骨肉，是他的后代……

古米廖夫在创作的鼎盛时期惨遭枪决，令人扼腕痛惜。但是他的诗，是他生命的延续，诗人依然活在他的诗歌中。不仅俄罗斯读者喜欢他的诗，他的作品还被翻译成多种外语版本，在世界上流传。

1991年，山东大学教授关引光先生访问莫斯科，在一家书店里买书，女售货员向他推荐图书，其中一本是刚刚出版不久的《古米廖夫诗文集》。关先生购买了这本书，带回国内，开始阅读，最早翻译了古米廖夫的短篇小说《斯特拉第瓦里的小提琴》，以后又翻译了相关的评论，接下来反复阅读他的诗歌，并陆续翻译成汉语。

关先生受过系统严格的教育，他在上海俄专学习，毕业后分配到北京俄语学院，为三年级学生上翻译课。指导青年教师的是李立三的夫人李莎教授，她每周为青年教师上课，前后坚持了一年。关先生说，这一年他获益良多。因此，关先生的文学翻译有深厚的功底。他曾经与人合作翻译出版雷巴科夫的长篇小说《阿尔巴特大街的孩子们》，还出版了其他一些社科著作的译本。

翻译古米廖夫的诗歌，关先生注重诗的节奏和语言的准确，不勉强押韵。这也是一种译诗的方法和风格。读惯了自由诗的读者，或许更喜欢这样的译作。

经朋友介绍，我有幸认识了关先生，并跟他联系交往。我对照原作阅读了一部分译诗稿件，感觉关先生对原作理解深刻，传达准确，态度严谨，值得敬重。

关先生约我为他翻译的古米廖夫诗集《第六感觉》写篇序言，我觉得盛情难却，就信口答应了下来。可真要动笔，才感到困难重重，不得不一拖再拖，看书找资料、上网查询补课，勉勉强强写成了初稿，心里不安，总觉得有愧于关老师的信任。不妥之处，请关老师谅解，请专家和读者指正。

这本诗集的出版，也感谢汪剑钊教授的推荐，感谢山东文艺出版社的支持。

2017年12月28日

于南开大学龙兴里

目　　录

首次发表的诗歌

003　　我从闹市跑到林中……

选自 《征服者的道路》(1905)

007　　我是穿铠甲的征服者……
008　　剑和吻
011　　查拉图斯特拉之歌

选自 《浪漫之花》(1908)

015　　十四行诗
016　　抒情叙事诗
018　　大老鼠
020　　死　神
021　　十字架
023　　胜利之后
024　　选　择
025　　刁钻的魔鬼
026　　追　忆

027	异想天开
028	手　套
029	爱上魔鬼的女郎
031	念　咒
033	美洲豹
035	狮子的新娘
037	长颈鹿
039	乍得湖
042	斗　兽
044	致君王

选自 《珍珠》（1910）

047	有魔力的小提琴
050	森林火灾
053	朋　友
055	老征服者
057	野蛮人
059	顺　从
060	戴镣铐的骑士
061	幽　会
063	昔日的哀思
065	大　师
067	唐　璜
068	鲜花不在我身边怒放……

069　这已经不止一次

070　船长们

选自 《异国的天空》(1914)

I

081　守护天使

083　两株玫瑰

084　致一个姑娘

085　另一个

086　永　恒

088　今生今世

090　十四行诗

091　她

II 《献给安娜·阿赫玛托娃》

095　我相信，我思索……

097　光彩夺目

100　爱　情

102　驯兽师

104　马格丽达

106　征服突厥斯坦的将军们

108　阿比西尼亚之歌

113　发现美洲

选自 《箭囊》(1916)

129　缅怀安年斯基

132　战　争

134　旧时的家园

137　弗拉·比亚托·安吉利柯

140　诗　篇

142　回　归

144　非洲之夜

146　进　攻

148　我随和地对待今天的生活……

150　我不是平静地生活过来……

152　伊斯兰

153　老姑娘

选自 《篝火》(1918)

157　树　木

159　安德烈·鲁勃廖夫

161　秋

163　童　年

165　小　城

167　流　冰

169　大自然

170 我和你们

172 蛇

174 庄稼汉

177 工 人

179 瑞 典

181 挪威的群山

183 在北海上

185 斯德哥尔摩

187 超越记忆

188 你散布繁星

189 厄兹别基园

选自 《帐篷》(1921)

195 前 言

197 红 海

200 索马里

203 霍屯督人的宇宙观

206 赤道森林

选自 《火柱》(1921)

213 记 忆

217 树 林

219 词

221 　灵与肉
225 　第一抒情曲
227 　第二抒情曲
229 　仿波斯曲
231 　第六感觉
233 　迷路的电车
237 　豹
240 　大师的祷告
242 　我的读者
245 　星光下的恐惧

外三首

257 　庞培和海盗
259 　征途上
261 　壁炉前

263 　一个诗人的命运

 # 首次发表的诗歌

我从闹市跑到林中……

我从闹市跑到林中,
躲进荒漠逃避人群,
我要独自祷告上帝,
放声痛哭,泪流满面。

我只剩下孤身一人,
是时候了,我该休息。
残酷的世界,冷漠的世界,
使我的身心不得安宁。

我是可怕的罪人,我是恶棍,
上帝给我自赎的力量,
我爱真理,我爱人们,
然而却践踏了理想……

我本可斗争,却像奴隶,
由于胆怯而可耻地逃跑,
还说什么"咳!我太弱",
放弃了所做的一切努力。

我是可怕的罪人，我是恶棍。

上帝啊，宽恕我吧，宽恕我，

宽恕我痛苦的心灵，

倾听我内心的忏悔！……

世上有人具有火热的心，

世上有人渴求善良，

把神圣的大旗授予他们，

斗争在呼唤和吸引他们。

上帝啊，宽恕我吧，宽恕我。

我只有一个请求：

让我痛苦的心灵

得到它不应有的安宁。

1902年《梯弗里斯小报》

时年17岁

 # 选自《征服者的道路》
（1905）

我是穿铠甲的征服者……

我是穿铠甲的征服者,
我快乐地跟踪星辰。
我走过深渊和大泽
休憩在鲜花怒放的园中。

灰暗而无星的天空多么阴沉!
浓雾升起……我沉默,我等待,
我相信,我会找到我的所爱……
我是穿铠甲的征服者。

如果星星在白昼沉默不言,
那我就自己编造一个幻想
用战斗的歌声来把人们迷恋。

我与深渊和风暴结下了不解缘,
把谷地上空的星星和蓝百合花
编进我战斗的队中。

剑和吻①

> 我知道,
> 命运把爱情的夜晚给予我们,
> 把炎热的白昼留给战争。
>
> ——尼·古米廖夫

我将和你相拥到天亮,
清晨我要去
寻找迷失的君王,
他们正把星星亲吻。

他们美妙的梦境
在同灿烂的阳光交织,
他们是苍翠的群山上
静悄悄的沉睡的天陲。

他们绛紫色的袍服
和苍白的鬈发上
缀满钻石的皇冠

---

① 原文"剑"和"吻"均用复数。译者注,下同。

在金色的光芒中闪耀。

他们佩戴着宝剑
剑把上镶满宝石,
他们警觉的守护神
一步也没有离开。

我手握宝剑来了。
守护神休想夺取,
我是威严的旋风
是天雷,是烈火!

我要破解他们的秘密,
他们幻梦的种种秘密,
然后把它们编成短诗,
用言语的碎锦零纨。

白昼飞逝,暮霞猛烧,
大自然将变成神庙,
我回身,回身走向
敞开的庙门。

我们一起迎接朝霞,
清晨我就要离去,

分别时分我将以
摘取的星星相赠。

查拉图斯特拉之歌①

年轻幸福的弟兄们,
你们充满活力、豪情与幻想,
我,苍穹的骄子,
向你们张开拥抱的双手。

阴影、十字架和坟墓
全都消失在神秘的黑暗里,
光明重又发出力量
正威严地主宰着人间。

灿烂的日轮滚滚向前,
崇高的喜悦光照四方。
我们将永远相逢在
永恒的绮思异想中。

诗人火热的心

---

① 公元前7世纪—公元前6世纪,波斯人琐罗亚斯德(Zoroaster,约前628—约前551)所创琐罗亚斯德教。古波斯语作查拉图斯特拉(Zarathushtra),意为"像老骆驼一样的男子"。尼采作《查拉图斯特拉如是说》。

像响亮的钢熠熠发光。
把痛苦给予不知光明的人!
把痛苦给予只会忧愁的人!

 选自《浪漫之花》
（1908）

十四行诗

我是穿铠甲的征服者,
我踏上征途快乐行进,
时而在鲜花盛开的园中,
时而面临深渊和大泽。

有时在阴沉和黑暗的天边
慢慢升起浓雾……但我笑着等待,
我永远相信命运的星辰,
我是穿铠甲的征服者。

如果在这世界上我们
已不需要砸烂最后的锁链,
那就让死神来临,我毫不畏惧。

我会同她战斗到最后,
也许我要用死人的手
去摘取蔚蓝色的百合花。

抒情叙事诗

柳齐费尔①送我五匹骏马,
外加一只镶红宝石的金戒指,
好让我下沉到岩洞的深处,
去窥见天女年轻的面容。

马儿打着响鼻,尥着蹶子,
驮着我奔驰在辽阔的大地上。
烈日为我熊熊地燃烧,
像戒指上的红宝石光芒四射。

多少个夜晚,多少个白天,
奔驰呀,我不停地奔驰,
骏马飞奔,戒指闪亮,
我豪情满怀,放声大笑。

我心目中的苍穹高处不胜寒,
我用呼啸的鞭子驱策群马,

---

① 柳齐费尔:基督教传说中堕落的天使,即魔鬼。

让它们向我心中的高处飞奔,
我看见了一个愁容满面的少女。

我听见了琴弦的琤玜细语,
奇异的目光蕴含着问和答,
为了那飘逸迷人的发辫,
我把戒指送给这月光下的女郎。

柳齐费尔对我轻蔑地奸笑,
替我打开通向地狱的大门,
柳齐费尔给了我第六匹骏马
他的名字就叫做"绝望"。

大老鼠

微弱的灯光闪烁不定,
昏暗的育婴室岑寂可怕,
一个胆怯的女婴蜷缩在
粉红色带栏杆的小床上。

什么声音?是家神在咳嗽?
这矮小秃顶的老头住在角落里……
糟糕!一只凶猛的大老鼠
正从衣橱后面,慢慢地爬过来。

在明灭的暗红灯光中,
大老鼠翘着尖尖的胡子,
探视着床上有没有一个小姑娘,
一个眼睛大大的小姑娘。

"妈妈,妈妈!"妈妈在陪着客人,
厨房里是瓦丽莎娘娘的大笑声,
大老鼠的眼睛像烧红的小煤块,
闪烁着得意和邪恶的凶光。

心惊胆战,但起身更可怕,
美丽的天使,又在哪儿,在哪儿?
"亲爱的天使,快快来,
快把老鼠赶走,求求你了!"

死　神

温柔、苍白，身着灰色的衣裳，
你带着爱怜的眼神显现了。
从前在号声中，在剑戟声中，
我见到的你可不是这般模样。

你神采奕奕而又风尘仆仆，
露出光彩迷人的胸脯。
在滴血的迷雾中
辟出一条通往天庭的路。

你像永不满足的义神星，
目光阴沉而又贪婪，
浑身血液沸腾，
狠狠地张开有力的双手。

尽管你已经完全变样，
我仍然怀念着从前的你，
你用天国的歌声吸引着我，
我们将要相会在天堂。

十字架

牌桌上我手气屡屡不佳,
以至于再不能借酒浇愁,
户牖外三月叫人不安的寒星
在夜空中零零落落地发白。

我不顾一切,孤注一掷,
只觉得这博弈仿如春梦。
"这赌注我全都压上!"我喊道。
牌输了,我输了个精光。

我去户外。拂晓前的阴影
柔和地徜徉在柔和的白雪上。
我自己也记不清,双膝怎样跪下,
把金十字架紧紧地贴在唇边。

"就让我像荒凉的星空,
啊,贫穷的女神①,接过你的棍子,

---

① 原文为 Сестра Нищета,意为乞讨女神。

沿街流浪,画着神圣的十字,
向人们求乞一片面包。"

我发疯地冲进了赌场
默默地把十字架押在赌注上,
霎时间……欢叫喧嚷的赌厅里
鸦雀无声,赌徒们惊慌地站起来。

胜利之后

阳光照射,把我的鬈发染成金色,
我摘取鲜花,同轻风絮语,
为什么我不像孩童一般快乐,
为什么我不像君王一样恬静?

弦在坚固的弓上颤抖,
闪光的宝剑在呼啸鸣叫。
它,这疯狂的宝剑还惦念着
岛屿和海上没有结束的战斗。

锋利的宝剑和远射的利箭,
你们要把死亡带给何人?
也许你们还不知道要塞已攻下,
异邦的土地已成了我们的盟友。

海洋在拥抱我们的舰船,
我们已在海岸上完成了战斗。
莫非在广阔的地平线上
在遥远的天际,你们又发现了敌人?

选　择

一个修塔者突然失足
以惊人的速度落到
深不可测的洞底上,
他诅咒自己的粗心大意。

这不幸的人被巨大的石块
打翻在地,遍体鳞伤,
谁知仁慈的上帝却让他活着,
他为自己的受难大声痛哭。

走进夜间的山洞,
要不就走向寂静的河滩
将会遇到凶猛的虎豹
闪烁着叫人恐慌的眸子。

苍天已经注定你在世上,
难逃血腥的命运。
且慢:你唯一的权利——
为自己选择一条不归路。

刁钻的魔鬼

我要好的朋友,我忠诚的魔鬼
为我唱一首歌儿:
"一个航海者通宵在漩涡中泅水,
拂晓时他沉到了海底。

四周是排山倒海的巨浪,
升起又沉下,翻腾不已,
面前汹涌澎湃的,
是他那比巨浪还纯洁的爱。"

他游着游着,听见了呼唤:
"哦,相信我,我不会骗你……"
刁滑的魔鬼说:"可要记住,
拂晓时他沉到了海底。"

追 忆

晌午时刻大海的深渊上
波光粼粼,正日丽中天,
一只离群的雁儿目光呆滞
哀叫着飞向远方。

碧海将它诱惑,
迷雾挡住了视线,
在寂静的大洋上
它费力飞向海的尽头。

旋风呼啸变幻莫测,
祈求和挣扎全都徒劳,
疲惫的白色翅膀
也无力把它拖回陆地。

当我接触到你的目光,
和那瞳孔里悲哀的神色,
我看到了这倦鸟的眼中,
充满着怨恨的惊慌。

异想天开

在那废弃的破屋外,
东倒西歪的栅栏零落昏暗,
昏鸦和穷得叮当响的乞丐
谈起世上的开心事儿。

镇日里提心吊胆的昏鸦
兴奋得浑身发抖,说:
在高塔的废堆上
它做了个难得的美梦。

在空中兴高采烈的翱翔中
忘记了它们破窝中的惨境
变成了温柔洁白的天鹅,
而叫人讨厌的乞丐成了王子。

沉重的夜幕自天而降,
乞丐有气无力地啜泣,
一个路过的老妪
急速而胆怯地画着十字。

手　套

我手上戴着一只手套，
我没有把它取下，
手套里隐藏着一个谜，
想起它真叫我心旷神怡，
它把思绪引向了渺茫的境界。

我的手接触到了
温柔可爱的纤纤玉指，
就像听到了美妙的歌声，
轻盈的手套——我忠实的朋友
为我保存了玉指留下的印象。

每一个人都有自己谜一样
无法猜测的渺茫的意境。
在我是这只取不下的手套，
它让我有了甜蜜的回忆，
在重逢前我不会把它取下。

爱上魔鬼的女郎

一个白皙英俊的骑士
鞭策着乌骓骏马飞奔而去,
是什么魅力神奇的鸟儿
在他的上空盘旋不离?

他那不胜悲哀的目光
投射到我彩色的窗户上,
为什么如此亲切和早已熟悉的
世界变得我无法忍受?

为什么我的兄长在惊慌中
在颤抖的烛光照射下
从地窖里拿出防身的甲胄
并把矛枪和刀剑来磨光?

为什么我们今天要齐聚在
赞美诗坛上,合唱圣歌,
而忧伤的修士们念起咒语
来驱除愚昧无知和黑暗?

一个脸色阴沉的星相家
从念咒的高塔上下到教堂,
他为什么喋喋不休地
和年老的神父争论?

我不明白,什么也不明白,
我真是个无知的少女
唯有吞声饮泣,号啕大哭,
沉浸在幻想之中。

念　咒

身穿紫袍的年轻修士，
说一口异乡的语言，
在放荡不羁的女王面前，
摆弄起有魔力的钻石。

燃烧着的芳草馨香，
飘向一望无边的天际，
暗淡的阴影氤氲缭绕
宛若游鱼，又像飞鸟。

无形的琴弦如泣如诉，
火柱摇晃飘忽，
飞扬跋扈的战将
像奴隶般低下双眼。

女王怀着隐秘的情欲，
摆弄起极端迷人的姿态，
她那柔滑如丝绸般的膏肤，
像刺眼的白雪一样醉人。

女王的失态让年轻的
修士神魂颠倒忘乎所以,
他谛视着那双娇小的乳房,
和伸出的两只酥手上的镯子。

身穿紫袍的年轻修士
呆若木鸡语不连贯,
献出一切以满足
放荡不羁的女王的欲念。

当月亮在尼罗河的绿波上
冉冉上升和皎洁照射,
脸色苍白的女王为他
解下了蓝色柔和的头巾。

美洲豹

今天我做了一个奇异的梦:
梦见自己飘在半空中,
可生活这不可思议的巫婆,
扔给我一支不祥的阄儿,

我忽然变成了一只豹子,
疯狂的欲望折磨着我,
心中像可怕的烈火在燃烧,
浑身肌肉不停地颤抖。

在黑暗的旷野里
我摸进了一座房子
半夜里找到吃食,
这是上帝赐给我的恩惠。

蓦然在昏暗的林木间
我见到了一个温柔的姑娘
我不会忘记她那璀璨的耳坠,
轻盈的脚步和公主般的眼神。

"幸福的幽灵,高贵的女神……"
我战战兢兢,羞愧地揣测。
"不要动!"她开口说道。
她满怀柔情地凝眸注视。

我默默地听从她的叫唤,
我躺下了,像被她的手势钉住,
又像一只被围攻的胡狼
成了一群恶狗的猎物。

而她不慌不忙地
迈着轻盈的步伐走进树林,
月光照射着她的耳坠,
星星在和珍珠絮语。

狮子的新娘

术士念了一道咒语。听从他的人
杀掉了我的母亲:
沙漠上的狮子,这兽中之王,
正在草原边上等着我。

我不害怕,我怎能逃过
这凶猛的野兽!
我扎上红腰带,
带上玛瑙和珍珠。

我索性在沙漠上叫喊:
"兽中之王,我久等了,
来吧,伟大的君主,
来撕碎你猎获的人!

我在你的巨爪下战栗,
你不用再张开大口,
我闻到了可怕的气味,
浓重的,爱情一样醉人的气味。"

荒草像野火燃烧，
我成了温顺的新娘，
注视着我的，是高贵的
新郎嗜血的目光。

长颈鹿

我看见,你今天的目光特别忧郁
抱着膝盖的双手显得特别瘦削。
你听:在那遥远的乍得湖畔
正徘徊着一只美丽的长颈鹿。

它身材轻盈,性格温驯,
满身叫人眼花缭乱的花纹,
只有颤抖在湖水上的月光
才敢同这迷人的花纹媲美。

远看它像彩色的风帆飘荡,
从容的奔跑似鸟儿欢快飞翔。
暮色中它跑回彩石洞中,
大地就显得绚丽多姿。

湖畔神秘国度的美丽神话,
说的是黑女郎和年轻多情的酋长,
然而你却过久地在浓雾中叹息,
除了蒙蒙细雨什么也不相信。

我将怎样和你叙述热带林中的故事,
叙述挺拔的棕榈和奇花异草的芬香。
你哭了?你听……遥远的乍得湖畔
正徘徊着一只美丽的长颈鹿。

乍得湖

黎明时分,古老的波巴布树①中
神秘的乍得湖上,
魁梧的阿拉伯渔人
雕花的三桅船在飞驶。
沿着森林覆盖的湖畔,
在群山和绿色的山麓下,
一群皮肤黝黑的女巫
正向可怕的神祇跪拜。

我本是这壮丽的乍得湖的女儿,
一位伟大部落酋长的妻子,
在一个多雨的冬天
我独自完成了秘密的仪式。
人们说这方圆百里之内
没有比我更美的女人,
艳丽的镯子从不离开双手,
玛瑙项链一直垂到胸前。

---

① 即猴面包树,非洲热带稀树干草原特产,寿命长达 5000 年,果实可食。

白人战士体态如此匀称,
双唇红润,目光平和,
他是出类拔萃的领袖;
他让我一见倾心,
我们互诉衷情,
不犹豫,不徘徊,
他告诉我,在整个法兰西
人们未必能见到
比我更令人销魂的女人。
当白昼渐渐地消失
他为我们两人
备了一匹柏柏尔骏马。

我的丈夫手执强弓追赶,
他驰过座座密林,
飞越陡峭的山崖峡谷,
渡过暮色苍茫的湖泊
他终于痛苦地死去,
唯有燃烧着的太阳
照射着这勇猛的追逐者的尸体,
照射着这蒙羞受辱者的尸体。

我坐在快跑和强壮的骆驼上,

满身簇拥着柔软舒服的
名贵的皮毛和绸缎锦衣,
像鸟儿一样飞向北方,
我撕掉了心爱的折扇,
陶醉在期待的欢乐中。
拉开我那华丽帐篷
轻柔的帘幕,
笑着靠在小窗上,
欣赏着阳光闪烁在
这欧洲人一双湛蓝的眸子中。

而今我像一株绿叶凋零
干枯而死的无花果树,
我成了多余而乏味的情妇,
破烂一般被丢弃在马赛港。
为了得到一点残羹剩饭,
为了活下去,每当夜晚
我在醉醺醺的水手面前跳舞,
而他们狂笑着把我占有。

厄运使我无力反抗,
我的目光日渐黯淡……
死路一条!但在远方,冥冥之中,
我的丈夫正在等待和不肯饶恕。

斗　兽

执政官慈悲为怀:血腥的舞台上
斗兽的游戏三天也未曾收场,
几只老虎全都斗疯了,
蚺蛇变得凶猛异常。

还有大象,狗熊!如此
嗜血的不顾死活的斗士,
以及到处角逐的野牛,
即使在古罗马也未必有过。

只有此时才把捉获的
阿拉曼人遍体鳞伤的首领,
能呼风唤雨的巫师和
杀人不眨眼的凶手赶上场。

我们就期盼着这一刻!
期待着勇猛的他拼死一搏。
撕咬吧,野兽们,鲜活的人体,
号叫吧,野兽们,带血的人肉!

可是沉着的双眉紧锁的他
靠着橡木栅栏突然一声大喊。
而狗熊、灰狼和野牛随着
发出一阵和谐悦耳的呼叫。

蚺蛇平静地伸直身体，
大象一一跪下前腿，
举起带血的鼻子等待
首领兼巫师的命令。

执政官，执政官，以及永恒的神，
这种场面我们还从未见过！
你看，饿虎正争先恐后地
亲吻着巫师又脏又臭的双脚。

致君王

你是什么神秘力量的幽灵,
给命运指出了各种准则,
是你吗,君王,在黑暗的
坟墓里,想让我诉说你的一切?

我算什么!既非保民官,又非
枢密使,只是一无所有的流浪歌者,
为什么,为什么,至尊的君王,
把桂冠戴在我的头上?

所有的豪宅都把我拒之门外,
只有徘徊在丘壑中的野兽
和攀援在高山上的牧人
才谛听我那可怜的故事和诗歌。

我的长袍已经破旧不堪,
目光黯淡,嗓音嘶哑,
但你所说的,我敢不遵从?
啊,君王,我是你永远的奴隶。

 # 选自《珍珠》
（1910）

有魔力的小提琴

　　献给 B. 勃留索夫

可爱的孩子,看你多快乐,
　　　　　你的笑容多么灿烂,
可你别祈求毒害世间万物的幸福,
你怎能知道,怎能知道,
　　　　　这是一把什么提琴,
它演奏起来有多么可怕!

如果有人用灵巧的双手演奏一下,
他的眼睛就会永远失去平静的光彩。
因为地狱里的魂灵爱听它那战栗的
　　　　　　　声音,
一群恶狼会围拢在演奏者的身后。

永远对着琴弦,这响亮的琴弦,
　　　　　歌唱和哭泣,
永远不停地拉动和拨弄

      这疯狂的弓弦,
不管阳光明媚,或风雪漫天,
       或波涛汹涌,
也不管暮霞燃烧,或旭日东升。

你会感到累,会放慢速度,
      会突然停止歌唱,
但你已经不能叫喊,
    不能动弹和喘息,——
眼看着这群恶狼嗜血地
      张牙舞爪
牙齿咬住喉咙,利爪扑向胸膛。

你终于明白,
    你所歌唱的是恶意的狞笑,
你的目光充满了为时已晚的,
      极度的恐惧,
痛苦已极的寒冷,
      将紧紧地笼罩全身,
未婚妻号啕大哭,朋友焦虑万分。

孩子，快离开！你在这里既得不到

　　　　　快乐，又得不到财宝！

可我看见，你在笑，你的目光像两道

　　　　　　　　　光芒。

好吧，拿起这有魔力的小提琴，

　　　　　看着怪物的眼睛

勇敢地面对死亡，一个小提琴手

　　　　　面对着的可怕死亡！

森林火灾

风吹着滚滚的浓烟,
有如驱赶肥壮的马匹。
大火的强烈反光
照射着马儿紧跟不舍。

只有在焦黄的垂柳
稀疏的缝隙中
才能看见荒凉的原野上
露出的玫瑰色的亮点。

玉米地猛烈地烧起
散发出刺鼻的焦糊味,
玉米秸丝丝响,燃烧着
成片地倒在火海中。

强烈的呼啸,沉重的脚步,
哀号、哭泣、怪叫和狂喊,
沸腾的河流
也发出不祥的哀吟。

大象跑起来，
狮子在狂奔，
猴子爬上枣树
尖声呼叫。

嗜血成性的恶狼，
露出獠牙，目光凶狠，
和野猪紧挨在一起——
只是此刻顾不上恶斗。

在烟雾弥漫的密林中
在它们的身后又掀起
燃烧和吼叫的声浪……
又是什么遭难者的哀号？

像在地狱的拱顶下，
魔鬼正挥动鞭子
让一大群受罪者
你推我拥地狂奔。

比不眠之夜还可怕，
比奋力狂奔还迅速，
但，浑身着火，

污血淋漓

第一个烧焦的是人。

朋　友

有一样东西直朝我靠近,是的,
刺骨的冷气穿透了我的胸膛,
每个夜晚在一片漆黑中
我看见一个熟悉而又奇异的面孔。

是昔日的朋友,一个机灵的猎手,
你从夜幕的深处重又站立起来,
你比老虎还勇猛,比豹子更灵活,
比笨重的大象还要力大无穷。

我记得,全都记得;怎会忘记
褐色的鬈发,有力的双手,
你那把所向披靡的宝剑,
高加索原牛①角制作的强弓?

还记得有一只狼跟随我们
浪游世界,和我们睡在一起,

---

① 原牛,家牛的祖先,曾广布于欧亚大陆,高达 2 米,重达 800 公斤,最后一只原牛于 1627 年死亡。

每当夜晚我弹起里拉①,
它会轻轻地伴唱。

怎么回事?是谁胆敢
践踏我们美丽的花园?
受伤的鹰隼,我激情满怀
勇猛异常的朋友。

我依稀记得——到处在流血,
令人惊心的极度恐惧,
黑夜,英勇的死者尸积成堆,
朋友的尸体也正在其中。

现在怎样,时光已流逝百年,
是你从一大堆尸体中走出来,——
黝黑的手掌拿着弓和网,
肩上披着深红色的风衣?

我相信美好的希望,
梦幻不会欺骗我的心,
很快就和从前一样,
和你走向神秘的国度。

---

① 17世纪起流行于俄罗斯的一种弦乐器。

老征服者

走进了无人知晓的群山,
老征服者迷失了方向。
兀鹰盘旋在灰蒙蒙的天上,
纷纷大雪迎面飞来。

八天里他漂泊又断粮,
马儿死了……他在悬崖下
找到了一个栖身的山洞,
还留着心爱的死去的马匹。

他在干枯的无花果树下盘桓,
歌唱阳光明媚的比利牛斯①
回忆着昔日的战斗和相好,
仿佛又见到火枪和美丽的披肩②。

像往昔一样勇敢和沉着,
既不恐惧又不怨天尤人。

---

① 指西班牙比利牛斯半岛。
② 指西班牙妇女戴的蒙头大披巾。

死神降临了,这身经百战的
勇士便邀请她在白骨上游戏。

野蛮人

上帝的不悦让举国上下哭成一片
成群的野蛮人悄无声息地进入城池,
女皇在人潮汹涌的广场上,
搭起帐幕裸体等待强大的敌人。

传令官吹起号角。旗帜像
秋天枯黄的落叶迎风飘舞。
周围是成堆的装饰着金流苏
镶边的东方华贵的绫罗锦绣。

女皇像荒野中发情的母兽,
双眼充满着炽烈的欲火。
胸脯在珍珠的网罩下波涛起伏,
镯子在她那褐色的手脚上颤抖。

她的呼唤像银诗琴的鸣响:
"快来吧,带着弓箭的英雄们,
世界上不会有更孤单的女人,
她的哀怨会使你更为怜惜和陶醉。

快来吧,铜盔和铁甲武装的英雄们,
让锐利的钉子戳入可怜的身体,
你们的心将变得疯狂和悲戚
将比一串串葡萄还鲜红。

我早已等待你们,强大勇猛的人们,
我幻想着在你们的宿营地欣赏红霞,
来吧,让我心花怒放的胸脯变得痛苦,
传令官正吹响号角——要不惜一切代价。"

奴仆把象牙装饰的银角笛,
用铜盘托着端到传令官的面前,
北方来的野蛮人皱起高傲的眉头,
他们留恋冰雪中的浪游。

他们留恋天寒地冻的旷野,
绿色荒原上鸟儿欢乐的啼鸣,
和女人们含情脉脉的目光……
还有那游吟诗人弹唱的迷人恋歌。

宽阔的广场上万民拥挤人声鼎沸,
南方的天空燃烧起灿烂的霞光,
矜持的首领控制着嘶鸣的战马,
骄傲地微笑着挥师转向北方。

顺　从

唯有身心疲惫的人才配祈求神灵，
唯有至爱的人才配徜徉春天草地！

天上繁星闪烁，地上恻恻悲哀，
微弱的"听从声"又消失在黑暗中。

这就是顺从！过来吧，俯在我身上，
披着不祥的黑头巾的可怜的姑娘！

我的故乡满目凄凉，隐没在芦苇深处，
对于悲戚的心灵没有比这儿更美。

远处是枯萎的草丛和潮湿的沟壑，
为了故乡我放弃了憧憬中的幸福。

我怎么了，是真爱还是极度疲劳？
这也好，我的目光终于不再闪亮！

我静观草原上绿波荡漾，
我谛听沼泽中翠鸟啼鸣。

戴镣铐的骑士

我听到召唤的号角长鸣,
我重又成为城邦的征服者。

我戴着镣铐,有如被俘的屈辱的奴隶,
失去自由,忘记了生趣盎然的春天,

春天在这色彩缤纷的百花丛中来临,
她激愤地砸碎紧锁的镣铐。

我重又走向悬崖,吸吮冰冷的泉水,
在海洋的喘息中治好我的创伤。

但获得新生的我,却踏上了未知的国土,
对往事我不忘记,也不诅咒。

为了记住每一次功勋,在高山或草原,
我都要把钢的镣铐套在银盔上。

幽 会

今天你来到我跟前,
今天我将会明白,
为什么月光下如此奇异
当我独自留下时。

你停下来,脸色惨白,
轻轻地脱下风衣。
难道不是一轮明月
从漆黑的林中升起?

朦胧的月色使我陶醉,
你的倩影迷住了我,
在一片静谧、黑暗中,
命运让我感到幸福。

犹如密林中孤独的野兽,
忽然感到春天的气息,
谛听这四围簌簌的响声,
注视着那皎洁的明月。

这野兽悄悄地走进峡谷
去叫醒夜间的梦,
随着月光的移动
迈开了轻盈的步伐。

像它一样,我只要沉默;
我满怀愁绪和深爱,
用亘古不变的惊恐迎接你,
我心中的月亮。

总有一天,你要离开我,
时光流逝,日复一日,
但我这颗被月光灼伤的心,
会永远保留着你的倩影。

这倩影曾让我们结为一体
如今却要我们重又分离,
然而这深夜的爱情
会像月亮一般永远皎洁。

昔日的哀思

花园的四周空旷无人
沉睡的荒草绿波哀愁,
迟暮的黄昏一只鸥鸟
随着蛙声啼叫。

古老而未曾油漆的房子,
似有烟雾漂浮其间,
荡漾着回声的大厅装饰着
农民幸福劳作的图画。

大厅里爷爷在用纸牌算卜,
姑姑姨姨们同心爱的小伙
欢乐地跳起一双双对舞,
只有我一人无聊又孤单。

我这颗痛苦的游子之心,
深深地感受着那难言的
愁闷、忧郁和那不幸的
往昔的折磨。

……如今那无边的峭壁,

白雪皑皑的巅峰

和天空上惨淡的愁云

都响彻了雪崩的轰鸣。

大　师

致 H. A. 斯维尔奇科夫

身着金线缀边的红色燕尾服，
喷满香水的音乐大师站起身来。
一挥手让乐队轻柔的奏鸣声
飘荡萦绕在我们的上空。

乐声悠扬而又奔放，
是娉婷的仙女，如威武的巨人，
又似璀璨的宝石
闪耀在喧哗的大厅上。

乐声飘向绚丽的金鱼，
一起在乐池中遨游，
它们轻歌曼舞
荡漾起少女般的微笑。

飘荡在蔚蓝的天堂上
有如神庙上的高塔；
微笑着，疼爱着
轻抚女士们的肩膀。

然后美妙地颤动着

围绕在乐队的周围,

轻轻地降落在

喷着香水的大师的台前。

唐　璜

我的梦想既放荡又简单：
只知道抓起船桨，踏上马镫！
不管漫长岁月荏苒流逝，
时时亲吻那些可爱的新欢。

到暮年去接受基督的训谕，
垂头丧气，痛改前非，
把赎罪的铁十字架
沉重地挂在胸前！

只到了胜利狂欢的闹宴
才忽地醒悟，在死气沉沉的
路上，我是苍白、惊慌的梦游者。

才发现我是一个多余的人，
没有女人为我生过孩子，
也从未把男人看做同胞手足。

鲜花不在我身旁怒放……

鲜花不在我身旁怒放,
她的艳丽瞬间让我迷恋,
一天两天她已芳菲不再,
鲜花不在我身旁怒放。

鸟儿也不在这里啁啾,
只是无精打采地挓挲羽毛,
到了早晨就缩成一团……
这里连鸟儿也不会啁啾。

只有书本还整齐地排列,
不言不语又沉重地靠着,
注视着人们永恒的疲惫,
像牙齿整齐地排列。

是旧书商把它们卖给我,
我记得这驼背而又穷苦的人……
为了买一块可诅咒的墓地,
旧书商把它们卖给我。

这已经不止一次

已有过多少次啦,今后还会这样。
在我俩痛苦而无休止的争吵中;
像往常一样,你又离我而去,
我知道,过一天你又会后悔地回来。

可你不要诧异,我怀着敌意的朋友,
我苦苦地爱着的冤家对头,
如果说爱的叹息是痛苦的叹息,
那么亲吻就充满着血和泪。

船长们

I

在北极和南海,
随着起伏的绿波,
舰船的风帆飘扬在
悬崖峭壁之间。

船长们,新大陆的发现者,
驾驶着飞速前进的航船,
飓风未曾使他们畏惧,
渡过了漩涡和险滩;

他们的心装着海的激情,——
而不是被遗忘的古籍上的灰尘。
他们用针头在破旧的地图上
标出了大胆航行的路线。

登上了摇晃的舰桥,

回忆着离开的港口,
挥动手中的拐杖,
打掉长靴上的浪花。

要是发现甲板上的骚乱,
便抽出腰带上的手枪,
闪光的子弹从镶边的,
淡紫色布拉邦特①袖口射出。

让大海去翻腾澎湃,
让浪尖汹涌到天上,——
没有一个船长在暴风雨前哆嗦,
没有一个船长会收起风帆。

难道这双手和锐利自信的
目光是赋予胆小的懦夫,
不正是这双手和目光才能出其不意
把护航舰冲向敌人的船只,

不正是准确的子弹和尖锐的鱼叉
对准了巨大的鲸鱼
并在繁星照耀的夜空

---

① 指荷兰布拉邦特人穿的服装。

发现了灯塔守护的灯光?

II

你们都是阴沉沉的海洋上
绿色神庙①注视着罗盘的守护者,
是贡萨洛②和库克③,拉别鲁斯④和达·伽马,
是幻想家和王者,是热那亚人哥伦布!

你们是迦太基的王者和塞内加尔的大公,
是航海家辛巴达⑤和强大的尤利西斯,
翻滚的海浪拍打着海岬,
在酒神的颂歌中赞扬你们的功业。

而你们,国王的臣仆,把黄金
藏在秘密港口的海盗式走私者,
流浪的阿拉伯人,朝圣者,
踏上第一只木排的首批人!

---

① 比喻巨大的航船。
② 贡萨洛:西班牙帝国名将(1453—1515),曾被封为骑士。
③ 库克:即詹姆斯·库克(1728—1779),英国航海家,曾发现夏威夷群岛,被夏威夷人杀害。
④ 拉别鲁斯:法国航海家(1741—1789),曾率领探险队考察太平洋、美洲海岸。
⑤ 辛巴达:传说中的阿拉伯航海家,故事见《一千零一夜》。

一切冒险家、弄潮儿和追寻者
以及厌弃了自己祖国的人，
在倾听年高德劭者的规劝时，
目空一切地狂笑和冷嘲热讽！

进入你们的幻梦，轻呼神秘的名字，
是多么地奇异，多么地美妙；
突然我明白了，一处深渊已为
你们设置了什么样的迷梦！

看来这世界，和以往一样
仍有人迹未到的地方，
巨人生活在阳光下的密林中，
璀璨的珍珠在清澈的水中发光。

树木发出沁人心脾的香气，
多彩多姿的树叶轻声召唤：
"快来呀，这里有赤金色的蜜蜂，
有比帝王的紫袍还艳丽的玫瑰！"

精灵和鸟儿在争夺巢穴，
姑娘的容貌温柔可爱……
看来天上的星星数也数不清，
看来地上的世界还没有全被发现！

III

一穿过悬崖峭壁
就看到古老的国王要塞。
水手们乐得欢天喜地
急匆匆驶向熟悉的港口。

在小酒店喝起了西得尔酒
听着爱聊天的老大爷,
讲述水手们怎样用
黑色弓弩射杀多头毒蛇。

黑皮肤的混血女郎
又是算命,又是唱歌,
飘来了做好的菜肴
使人垂涎的香味。

在那杯盘狼藉的酒店里
从黄昏直到天亮
一群狡猾的骗子
拿着赌牌纠缠不休。

在港口的船坞上的水手们

烂醉如泥东倒西歪，
整个夜晚同要塞上的
士兵大打出手。

时而向尊贵的外国女人
嬉皮笑脸地求得两个苏①，
把鼻子上箍着铜圈的小猴
卖给她们。

最后愤恨得脸色发白，
把佩戴的护身符扔在地板上，
赌牌输得精光，
在这片踩脏的地板上。

那诱人的呼叫和醉汉
断续的嘟囔渐渐沉静，
这是船长的命令声
喊叫他们上船起航。

IV

然而世上还有别的地方，

---

① "苏"指法国货币单位。

那里的月色使人销魂。
即使最有魄力和最豪迈的人
也只能永远望洋兴叹。

那里白浪滔天惊涛裂岸,
大海翻腾永无止息;
荷兰人的"飞舟"
正迅速地破浪前进。

驶过了暗礁和浅滩,
但,悲剧和劫难接踵而至,
圣埃尔莫火球①燃烧起来,
吞没了船舷和缆索。

船长自己面对着深渊,
一只手紧紧地按住帽子。
另一只鲜血淋漓坚定如铁的手
死死抓住舰船的舵轮。

水手们个个脸色死白,
人人都以为末日来临。
像僵尸一样看着熊熊大火

---

① 圣埃尔莫火球:指大气中闪光束形状的放电。中世纪时在圣埃尔莫教堂的塔尖上经常发现有火球,故名。

毫无表情痛苦万分。

若在晨光熹微的时刻
海洋上的航行者遇见船长,
这偶然遇到的可悲预兆让
他们的内心痛苦永远难忘。

世上流传着许许多多
英勇豪迈奋不顾身的故事,
而最可怕和最神秘的故事
当属于勇敢的海上冒险家——

都说在南回归线外——
有一个不为人知的地方!——
一条充满惊涛骇浪的路
正为无所畏惧的船长准备着。

 选自《异国的天空》
（1914）

I

守护天使

他轻轻地对我说:"任性的人,
你怎会这样心灰意懒?
莫非在为昔日的自由自在
感到隐隐的忧愁?

真的吗?难道阴沉沉的
海洋发出的涛声絮语
抵得上同你的女主人
转瞬即逝的见面?

蔚蓝色的天空将使你
放下心头的重负,
就如她会对你
含情的一瞥?

既然她沉默不言,
你完全可以恼怒,
然而对仆从来说,
离开女王——可耻。"

就这样整个沉默的夜晚,
白天和清晨
为了自己亲爱的人
他情意绵绵地呆立。

两株玫瑰

两株玫瑰盛开在
伊甸园的大门前,
但玫瑰是情欲的表征,
而情欲又是大地的孩子。

一株含情脉脉渐露绯红,
宛若羞见心上人的花季姑娘。
另一株被爱情之火灼伤,
娇鲜的紫红色正浓。

它们已情窦初开……
莫非至高的神已做出决断
要把激情燃烧的奥秘
同天上的奥秘融合?!

致一个姑娘

我不喜欢你那无力
交叉着的双手,
和矜持端庄而又
害羞胆怯的表情。

你像屠格涅夫笔下
高傲、温柔和纯洁的女郎,
你有着树叶飘零的小径上
静谧秋天的不尽的景色。

任何事都不要轻信,
要再三思忖和衡量,
没有在地图上找到道路以前
切勿轻率地前行。

要远离愚蠢狂妄的猎手,
他登上光秃的悬崖峭壁,
忘乎所以,无端的忧愁中
竟然弯弓射向太阳。

另一个

我满怀愧疚地等待,
但不是等待快乐的妻子
以便会心地谈说
古时的故事和趣闻。

也不是等待情人:我讨厌
她那乏味的唠叨和倦怠的目光,——
我只习惯于纵情欢乐
抑或揪心的痛苦,百倍的痛苦。

我等待上帝赐给我一个
永恒的朋友,只为了
不管在高处或阒寂的地方
都使我痛苦难熬。

他蛮不讲理,冷酷无情,
把永恒当做瞬间,
粗暴地把连接我们的
梦想当作镣铐。

永　恒

在悠悠岁月的长廊里，
甚至连天空都显得压抑。
我展望未来，感到时日苦短，
但却在安息日里等待安息。

等待不安与顺利，
以及内心的彷徨都成过去……
哦，我终于看清和警觉的
日子，快快地来临吧！

我将获得另一种心灵，
在追忆作弄人的命运时。
我赞美从忐忑不安的迷途
通向光明的康庄大道。

在那雷声阵阵和温馨的静谧中，
和我并肩前行的长者，
当我得意时，对我严厉，
当我过失时，对我宽容；

他教我缄默,教我奋斗,
教给我这世上古老的睿智,——
他放下拐杖,转身
只说一句话:"我们走到头了。"

今生今世

我合上《伊利亚特》坐到窗前,
杌陧不安地重复着最后一句诗,
是街灯还是月亮在闪闪发光,
哨兵的身影慢慢移动。

我常常投射出试探的目光,
却也多次得到相应的回眸,
是俄底修斯在黑暗的船舱里,
是阿伽门农在酒店的堂倌中。

遥远的西伯利亚风雪怒号,
剑齿象冻僵在银色的冰山下,
它们默默的哀愁震撼着白雪,
热血——正是它们的——燃烧在原野上。

书本使我悲哀,月光令我痛苦,
也许,我压根儿就无需英雄人物,

且看林荫道上,犹如达佛尼斯和赫洛娅①,漫步着一对含情脉脉的少男少女。

---

① 达佛尼斯和赫洛娅:希腊神话中的英俊牧童及其恋人。

十四行诗

我真的病倒了：心力交瘁，
不管人和事，我都不感兴趣，
梦见女王贵重的钻石
和血迹斑斑的土耳其宽刀。

我仿佛觉得（这是千真万确）：
我的祖先是眼睛眯缝的鞑靼人，
凶猛的匈奴……我承受了世代以来
难以摆脱的风尚和传统。

我沉默，我受苦，藩篱撤掉——
呈现出一片白浪滔天的海洋，
夕阳照红了海边的岩石，

教堂蓝色圆顶闪耀着的城市，
和城中盛开的茉莉花园，
我们还在那里厮杀……啊呀！我完了。

她

我认识一个妇人:在她那
睁大的眼眸神秘的闪烁中,
有着一种沉默不言
和痛苦不堪的倦怠。

她的心灵只沉醉于诗歌
悠扬响亮的音乐,
对于往昔遥远而欢乐的
生活她既骄傲又沉默。

她的步履轻柔,稳重,
美妙又从容不迫,
虽然她并不美貌惊人,
但却是我的全部幸福。

当我渴望自由的意志;
满怀果敢和自豪时——我走向她
在她那慵困和谵语中
仿效她睿智而甜蜜的哀愁。

她颦眉蹙目,强制不安的
心情时,却显得光彩照人,
她的梦境那么清晰,
犹如投射在天堂灿烂沙滩上的阴影。

II 《献给安娜·阿赫玛托娃》

我相信，我思索……
致谢尔盖·马科夫斯基

我相信，我思索，眼前终于闪现了
       一线光明；
造物主永远把我交给了命运；
我被出卖了！我再也不属于上帝！
       出卖者走了，
购买者冷笑地瞧着我。

昨日犹如飞驰的山随我而去，
明日等待我的是无底的深渊，
我前行……山也许会沉没在深渊里，
我知道，我知道，前路毫无希望。

如果我用意志使人们驯服，
如果灵感逐夜向我飞来，
如果我能预知诗人、巫师
和宇宙主宰的奥秘——
      那将会沉沦得更可怕。

我终于梦见，我的心不再痛苦，

它像悬挂在七彩宝塔上的中国瓷钟……
它悦耳的鸣叫，引来了
瓷钟中蓝天白云上的鹤群。

一个文静的身穿红色绸裙的姑娘，
那裙上绣满了蜜蜂、鲜花和龙，
正默默地在宝塔下盘着秀足打坐，
谛听着轻轻的、轻轻的钟声。

光彩夺目

我把身子埋在沙发里,
我用双手遮住了亮光,
想起了逝去的一个又一个夜晚,
我要久久地哭个不停,
当"昨日"不再使我烦恼,
当一连串职责不再折磨我;

还想起那伸向大洋的海角、
独自屹立的松柏……
和可敬的侯赛因,
当一眼望不到
松柏,也望不到海的尽头,
侃侃地讲着他的故事。

巴格达又呈现在眼前,
辛巴德又要漫游世界,
他要同魔鬼挑战,
航船离开埃及
重又开始远航

驶向了繁华的巴索拉。

把利润和荣耀给予商人,
但不,不是利润把他们吸引
在光秃的草原上,在深渊边;
哦,神秘莫测,哦,命运之鸟,
难道不是你遥远的岛屿
是他们航行的指路之星?

你把水手们引到了
自古以来积怨深远的
魔鬼和虎狼的峡谷,
走过一座又一座吊桥
穿越密不透风的灌木
去赴加隆·阿里·拉希德①的宴会。

我曾经属于你,
在过惯了安乐和平静的生活后,
我作为虔诚的朝圣者航海而来,
为了让侯赛因见到我
在那玫瑰花园和海域,
在那古老的和平海岸,

---

① 加隆·阿里·拉希德:《一千零一夜》中的人物。

曾几何时……上帝啊，梦想、
是多么地纯洁，多么地折磨人！
好吧，刺痛我的心，刺吧！——
把我的身子埋进沙发里，
我用双手遮住了亮光
我将为近东阿拉伯而痛哭。

爱　情

傲慢的抒情诗人，
像目空一切的少年，
连门也不敲就进入我家，
还说，这世上我只应关心他。

他装腔作势
把我的书合起来，
踩在油光锃亮的鞋下，
嘴缝里蹦出一句："不喜欢。"

他居然全身洒遍香水，
忸怩作态显摆钻石戒指！
他胆敢把花朵撒在
我的书桌和卧榻上！

我气急败坏地走出家门，
他却缠着我紧跟不放，
用那根不可一世的手杖
嘀嘀嗒嗒敲打着石头路。

我从此神经错乱,
再不敢返回家门
不断重复过去的一切
用他那不知羞耻的话。

驯兽师

> ……像我的中国伞一样红,
>
> 短靴鞡用粉擦过。
>
> ——安娜·阿赫玛托娃

我又以惯常大胆的步伐
走向禁止入内的大门,
在坚固的栏栅后面
各种猛兽正虎视眈眈。

它们吼叫或在鞭下惊退,
它们今天更加凶猛
或更加温驯……这对我还不是一样,
如果我年轻,热血沸腾?

只是……我越来越常见
(我明白,这无非是梦幻)
并不存在奇异的猛兽,
它——美丽、六翼,不言不语。

它长久而敏锐地盯着我

观察我的一举一动，
它从不和别的猛兽一起表演
也从不来就食。

如果我注定要死在舞台上，
如今我知道驯兽者之死，
这只观众看不见的猛兽
会头一个咬断我的膝盖。

芳妮，您给的花朵已凋谢，
您呀，还那么快乐地走钢丝，
我的猛兽正在您的床边打盹儿，
盯着您看，像忠诚的猛犬。

马格丽达

瓦连丁在酒馆夸耀妹妹,
盛赞她聪明伶俐又漂亮。
马格丽达左手上
戴上了一只贵重的戒指。

马格丽达有一个小宝匣
藏在窗下的常春藤中,
一个身披红斗篷的浪荡子
给她送来了许多耳环和戒指。

马格丽达的窗户虽然高,
浪荡子有一架长梯子;
尽管小伙子们还在大街上
高歌赞美马格丽达的贞洁。

钻石过于闪光,四月叫人疲乏,
全都忘了吧,什么也没发生……
马格丽达出神地看着背囊,
只可惜……囊中一堆废物。

瓦连丁,瓦连丁,忘掉耻辱,
咳,这夏夜什么事不发生!
虽说老爷子世故又圆滑,
亲女儿还是让他丢人现眼。

你向可怕的浮士德求助也枉然,
他到底不存在……这虚构的遮羞布;
只要你遇到这穿破烂红斗篷的浪荡子……
你就会倒了大霉。

征服突厥斯坦的将军们

在含糊的说话声和嘈杂喧闹中,
透过舞厅一闪一闪的灯光
多么奇异地看见靠着墙壁
有一群身材高大的老将军。

除了和蔼的声音、锐利的目光
和变得灰白的弯曲眉毛,
再没有任何特征能告诉我们,
那本应诉说的一切。

看来岁月荏苒光阴似箭
在同高官显贵的周旋中
他们忘记了自己有过的
辉煌显赫的传奇经历。

他们忘记了昔日的艰辛,
半夜的号令:"拿起武器!"
和在寸步难移的沼泽地上
拖着沉重的步伐;

从未见过的战场，
不幸的队伍的阵亡，
越过乌奇库杜克和金德尔利，
俄罗斯的国旗插上了白色的希瓦。

忘了吗？不！每时每刻
都会有某种奇怪的事件
吸引了你平静的目光，
使他们回想起过去的一切。

——"您怎么啦？""腿痛。"
——"痛风？""不，子弹留下的创伤。"——
心立刻收紧了
回想起突厥斯坦的阳光。

人们告诉我，在这些
身经百战的老军人中，
在格列兹和瓦托的战壕里，
在柔软的靠背椅和沙发上，

都不会忘记那破旧的，
随他们南征北战的行军床，
为了心中永远激动不安，
永远记住那艰苦的时光。

阿比西尼亚之歌

1. 战歌

犀牛践踏我们的高粱，
猴子采摘我们的无花果，
比犀牛和猴子更坏的
是白皮肤的意大利流浪汉。

第一面旗飘扬在哈拉尔上空，
这是马孔奈族的城市，
接着活跃起来的是阿克苏姆
而鬣狗却在蒂格勒嗥叫起来。

在森林、高山和平原
到处是疯狂的杀人凶手，
你们扭断人们的脖子，
喝足了淋漓的鲜血。

在低矮的树丛间爬行吧，

就像蛇爬向自己的猎物,
从悬崖跳向悬崖——
就像豹子一样跳跃。

谁在格斗中夺的火枪多,
谁杀死更多的意大利人,
人们就会把他叫做阿什克尔
——涅克斯①的白色骏马。

2. 五头公牛

我替财主干了五年活,
我在野地上看管马匹,
为此财主给了我五头
套上轭的公牛。

一头公牛叫狮子咬死,
在草地上找到了它的骨头,
最好把公牛养在卡拉阿里②,
夜晚还得烧上篝火。

第二头发起疯来跑走了,

---

① 涅克斯:19世纪到20世纪初,埃塞俄比亚皇帝的称号。
② 卡拉阿里:非洲环状村庄。

是嗡嗡叫的黄蜂蜇得难受。
我五天五夜找遍草丛
到底也没有把它找到。

另外两头叫邻居毒死了，
是他把毒茛菪掺在饲料里。
可怜的牲畜歪倒在地上
死灰色的舌头伸得长长的。

最后一头是我自己宰了的，
为的是当邻居的房子燃烧
被困在里头的人号啕哭叫，
我能够放开肚子饱餐一顿。

3. 女奴

清晨鸟儿离巢，
瞪羚跑到旷野，
一个欧洲人走出帐篷，
挥舞着长长的鞭子。

他坐在棕榈树荫下，
脸上罩着绿色的面纱，
身旁放着一瓶威士忌

鞭打着偷懒的奴隶。

我们要替他清洗杂物,
我们要给他看管骡子,
晚上我们吃的是腌牛肉,
在白天已经腐烂发臭。

我们的欧洲主人真叫棒,
他有那长射程的火枪,
他有那锋利的马刀
和抽打我们的鞭子!

我们的欧洲主人真叫棒,
他勇猛异常,但头脑简单,
他的身躯多么柔软,
捅进一刀又多么痛快!

4. 桑给巴尔的姑娘们

一个面孔白皙的阿比西尼亚人,
听说桑给巴尔的姑娘们
在遥远的北方,在开罗跳舞,
出卖爱情来换取金钱。

他早已玩腻了
肥胖的加比什女人，
狡猾而撒泼的索马里娘儿们
和不干净的卡弗娼妇。

这个可怜的阿比西尼亚人
骑上他唯一的一头骡子
走过高山、树林和草原
一程又一程来到了北方。

一群歹徒向他袭击，
他打死了四个人，夺路而逃，
在赛帕尔茂密的树林里
大象踩死了他的骡子。

一年零八个月的日日夜夜
他终于跋涉到开罗，
这时想起自己身无分文，
没奈何走上回头路。

发现美洲

第一首歌

清风重又吹醉心田,
神秘的声音细语:"舍弃一切!"——
门前灌木丛边长满荒草
蓝空万里无云,
每一汪水洼都散发出海洋的气息,
每一块石头都意味着大漠的临近。

缪斯,让我们快快前行,
草原路上成行柳树多可爱,
远方的车轮响声和谐悦耳,
大河上白色的风帆飘扬。
世界如此神圣而静谧,
天涯何处使人空惆怅!

啊,在一次神奇的运动中,
因循守旧的我们变了面容,

但变容不只是意味着反映，
它让生活其中的人生气勃勃……
哦，世上的道路，你们按上帝的
安排像血管和脉络周身分布！

沸腾的热血在血管里
欢乐地涌动和歌唱；
信誓和叛逆没有止境，
快乐的转变也不休停，
饥饿和爱情重又挥动
沉痛的鞭子把守旧者驱赶。

野兽从一片密林跑入另一片，
螃蟹在月光下爬上海岸，
鹰隼在高高的苍穹上盘旋，——
饥饿和威力无穷的激情
让一切生灵：飞禽、走兽
和深渊里的水族都疲惫不堪。

快乐、意外和血染的
喜悦、悲伤和嬉戏是
荒凉又迷人的世上的一切；
然而对荣誉的渴望才最美，
为了荣誉涌现出无数英雄，

大洋上舰船穿梭行驶。

好吧,缪斯,我们并无奢望,
虽然柔弱,但总是相依为命!
你的声音充满深切的哀怨:
你是否愿意,让我们
乘上舰队指挥的第一艘帆船
航行到松香、黄金和珊瑚的国度?

看见了吗?城市……旗帜飘扬……
阳光明媚、灿烂,像欢乐的童年,
从钟楼传出悠扬的钟声,
是欢乐而非灾难的预言者,
港口上像沉痛的呻吟,
响起了欢迎的汽笛声。

请问,哥伦布在哪儿?
——"和老修道院长胡安
在院长室中研究航海图;
这一张旧地图错误不少,
可不能同海洋开玩笑,
即便是最大胆的船长。"

落日的余晖和晚祷袍服

在雕花的窗户中交相辉映,
梦境和现实像在迷人的
峡谷中融合成一体,
光阴荏苒,静静地流逝
宛若古老传说中的仙子。

赫里斯托弗穿上昂贵的铠甲,
老修道院长披上节日的盛装,
在他们的后面是仰视的目光,
这目光出自飞逝的流星的精灵,
这目光来自神圣的变幻的世界,
她的名字叫漫游世界的缪斯。

断断续续的话语奇怪而高傲:
"往南?那里曾经是二叠纪!……"
——对,但有谁听说过?……——
"……那是大莫卧儿王朝的土地,
岛屿"……——到底在哪里?大海茫茫。
往南……——"先生,是马可·波罗到过的?"——

你看旗帜在老塔楼上飘扬,
有人去敲门——用暗号,——
但朋友们没听见。激烈的争论——
海水在迅速退潮!……

一遍又一遍查看文献,
一遍又一遍引经据典!

直至黑夜降临园中,
周围开始寂静,寒意料峭,
缪斯意识到神秘的职责,
走向舰队指挥,像带领小孩一样
把他从工作台上威严地
领向载满荣誉的地方。

第二首歌

第二十天了,轻快多桅船
乘风破浪航行在海上;
第二十天了,罗盘的指针
代替航海图指示航向,
即使最剽悍、最勇敢的航海家
也难在噩梦中安睡。

在飞速驶向陌生的地带,
和无人敢进的密林,
舰上谁也不敢预测未来;
头脑中一片空虚和漆黑;

惊恐地用石砣探测海的深度，
用麻布修补断裂的船帆。

占星家在启航的夜晚
观测了星座的位置，
他们断言："航向全错了。"
风从左边吹向大洋，
吉卜赛人不祥的寓言
让每一个人都心惊胆战。

大主教徒然从祭坛上
许诺给他们大量赏赐，
许诺赐给骑士的盔甲，
许诺赏赐封地而非奖金，
还刚提到抒情诗中歌唱的
美如仙境的印度花园。

往事梦一般消逝！而现在——
留下了不祥的模糊预感，
不是荣誉，而是繁重的劳动
和黄昏时：可怕的幻觉，
痛苦的等待和残酷的报复——
太阳正坠入炽热的深海中。

荷塞精神错乱了,起先
拿着斧头走到船长室,
然后躲进了底舱
放声痛哭……船员不加理会,
这可怜人神志不清
被吓得魂不附体。

每当夜晚,船员们坐在缆索上
悄悄交谈——有时想痛哭一番:
"如果长久地跟着太阳浮沉,
那流血牺牲必不可免:
太阳在这该死的海底沐浴,
太阳被观察者仇视!"

可是哥伦布早忘了暴动者,
对他们的怠工和酗酒保持沉默;
镇日价待在舰桥上,
迷恋地憧憬环球航行;
在喧腾的波涛声中兴奋地
听见漫游女神亲切的召唤和鼓励。

水手们向他屈服了:
正如,凶猛的公牛悬崖上
踏步不前,被山居的牧人驱赶着,

水手们心中绝望的哀愁,
他们脑子里充满了恐惧,
目光凶狠……但到底顺从了!

船长不是用黝黑残忍的
斗牛士的投枪,而是用
冷酷无情的目光
把受惊而胆怯的水手
不是赶向城市,而是赶向
芳草萋萋,湖泊纵横的地方。

如果睿智的占星家容光焕发,
当他看见了无人知晓的彗星;
如果一个孩童兴奋得忘乎所以,
那必定是他找到了稀罕的鲜花;
如果诗人没有更大幸福,
那优美的十四行诗怎有意外光彩。

如果把种种无止境的、
比恒星还古老且年轻的、
至今未被发现的思想深渊
作为一种礼物送给我们……
如果凡人不断地上下求索,
他就会看到天堂的光辉:

——哥伦布比新婚之夜欢乐的
新郎还要神采奕奕，
他用敏锐的目光看到了奇迹，
那不知是罪愆的整个世界，
那蔚蓝色苍穹中的世界，
西方和东方连接的枢纽。

这些上帝所诅咒的海洋！
这些没有名称的可怕的暗礁！
然而憧憬已久的梦境就在前头
那就乘风破浪驶向追求的目标：
树林、芳草和鲜花的海洋，
美丽无比的飞鸟翱翔的天空。

第三首歌

——"海岸，海岸！"——补旗的人
咬断了线，惊呆了，
另一个双手紧按着脑袋
不敢贸然把手松开。
清风吹送着布帆，
桅船继续前进。

那第一个从高高的甲板上
看见茫茫大海中的孤岛,
像老鹰一样叫喊起来的,
淡蓝眼睛的人是谁?
是老船长、勇士抑或是海盗,
原来他是哥伦布的弟弟!

他独自从一览表、绘图
和褪色的页码中计算,
夜里从预兆吉凶的梦中猜测,——
晌午他见到了一处又一处海岸,
就像目光敏锐的鹰隼,
是鹰隼,漫游女神,鹰隼和我们。

水手们,像孩童一样,欢呼雀跃,
我是如此幸福……不,我不能……
看,远处一只滑稽长嘴的仙鹤
在光秃的悬岩上飞翔盘旋,
在蔚蓝色的天空中画圈,
你看,海岸……我们上岸了。

年迈的,身穿全套法衣的
神甫举行礼拜仪式,
他祈祷:"主啊,不要抛弃

我们这些罪人……"——齐声颂赞,
悠扬响亮的拉丁语歌声
和沙漠的呼啸融成一片。

看来,这些辽阔的旷野
曾经不止一次在梦中出现……
还有那蛇一样蜿蜒的藤萝
和尖叫着攀援的猕猴;
杂草生花;白鹦鹉
像地狱中的罪人大声啼叫……

从未见过的野花的馨香
甜蜜地沁入我们的心田,
每进一步都是那么新奇,
林中走出一群赤身的人,
他们的皮肤像古铜一样红,
好奇地微笑着和叫喊着。

啊哈!我们当中独有一人,
独有一人心里疑虑重重,
尽管起先,他像虔诚的教士
俯首向上帝祷告,
尽管现在他亲吻谷地上的尘土,
杂草的茎干和扬尘的道路。

有如所有的水手，袒露胸脯，
左耳上带着铜耳环，
脖子上挂一串珊瑚，
而双唇紧闭（守口如瓶），
深邃的目光蕴藏着思想的火花，
他就是漫游女神赐给我们的船长。

他满怀忧伤，这个人，
漂洋过海，如在陆上，
指挥下属，如动棋子，
把他们从故乡安逸的生活中
带到陌生河流的荒凉出口……
他在说什么！……漫游女神，听吧！

——"我建立了崇高的功业，
然而心灵痛苦如在黑暗的坟中。
哦，伟大的上帝，万能的主，
如果你要给我奖赏，
请不要给我荣誉和富贵，
给我耻辱吧，至高的神，给我镣铐！

坚固的皮囊装上了美酒，
如果囊中美酒已经喝尽，

那就请主人投进面团!
我是贝壳,但无珍珠,
我像曾被拦截的洪流,——
放开了,现在已经无用了。"——

是的!在无知的人群中
只能引发毫无意义的讪笑,
僧侣的恶意和贵族的仇恨,
被认为是诈骗的独创的才能!
漫游女神缪斯为了别的游戏,
他被抛弃了,这个航海的爱好者……

我沉默,用斗篷蒙住眼睛,
心快速地跳动和揪紧,
犹如拉动的琴弦,
我像在梦中听见,女友
对我轻轻细语:"不要悲伤,
管他谁叫哥伦布……我们走吧!"

 # 选自《箭囊》

（1916）

献给达吉雅娜·维克托洛芙娜·阿达莫维奇①

---

① 达吉雅娜·维克托洛芙娜·阿达莫维奇：芭蕾舞女演员（1891—1970）。

缅怀安年斯基

因诺肯季·安年斯基
   皇村学校最后的天鹅,
他唤醒人们的智慧同自己
   去反对无妄而动听的梦呓。

记得当年,我胆怯又紧张,
   走进那高大的办公室,
等待我的是一位安详和蔼,
   早生华发的诗人。

他那富有魅力而又惊人的,
   似不经心的三言两语,
就把我这稚嫩的少年人
   带向漫无边际的幻想中。

噢,暮色苍茫景物模糊,
   依稀听见心灵的声音,
这声音曼妙而又不祥,
   宛若在诵读诗行!

诵读的诗行如泣如诉

  仿佛铜器的撞击或风暴来临,

橱柜上欧里庇得斯①的侧面像

  使炽热的眼睛黯然无光。

……公园中有一条长凳,人们说:

  这是他爱坐的地方,

在林荫道金光灿烂中

  他沉思地凝视蓝色的远方。

远方的黄昏又可怖又美丽,

  大理石的路面在雾中闪光,

昏暗中,一个妇人像胆怯的羚羊

  急匆匆地走向过路人。

她观望,她唱歌和啜泣,

  重又啜泣和唱歌,

她不明白,这一切意味着什么,

  她只觉得——不是那个人。

河水潺潺,流过水闸,

---

① 欧里庇得斯:古希腊三大悲剧作家之一。

昏暗中弥漫着荒草的湿气，
孤独的缪斯丝丝低吟，
　　——皇村最后一位诗神。

战　争

致 M. M. 奇恰戈夫

机枪藏在森林里扫射,
就像拴着铁链的狗阵阵吠叫,
榴弹炮轰鸣着炸开,
犹如飞舞采蜜的蜂群。

远处喊杀的"乌拉"声
仿佛刈麦人干完活的歌唱,
你看看:这平静的村庄中
最为祥和的黄昏。

战争确是光明神圣
而又极其庄严的事业,
在那战士们的头顶上是
神采奕奕的六翼天使。

在阡陌上慢慢行走的农夫,
双脚踩在血泊中;
他们播种的是功业,收获的是荣誉,
现在,上帝啊,你就祝福他们吧!

祝福那弯腰耕耘的人们,
祝福那满心哀愁的祷告者,
他们的心在你面前燃烧,
就像那摇曳不定的烛光。

噢上帝,把力量和胜利
在灿烂的时刻给予那些人,
他们会对打败者说:"亲爱的,
请接受我兄弟般的亲吻!"

旧时的家园

两层楼屋歪歪斜斜,
仓库、畜棚前后排列,
洗衣槽边鹅群欢叫,
神气十足此起彼落。

园子里金莲花和蔷薇盛开,
开花的池塘里鲫鱼游乐,
在神秘的罗斯土地上
散布着旧时农民的宅园。

晌午时刻林中不断传来
杂乱的喧闹和含糊的叫声,
令人无法判断这声音是
出自行人还是林中的猎手。

有时遇见十字架游行,
唱诗和阵阵教堂钟声,
游行的队伍宛若巨流
随着神像拥进了村庄。

罗斯人敬仰上帝和行列中的
红色火焰,透过烟火看见天使……
他们真诚地崇拜游行的旗帜,
热爱自己的信念,视若生命。

瞧那趾高气扬的邻居
身穿细腰新长袍走进客厅,
后面跟着十八岁的女儿,
低着淡褐色美发的容颜。

——"我的娜塔莎没有嫁妆,
但我不把她嫁给穷汉。"
她明亮的眼睛模糊起来,
微微颤抖,紧握着双手。

"父亲不愿意……我们只好
再把婚礼推迟。"——
什么,难道宅园前的池塘
容不下可怜的美人鱼?

在春天困倦的时刻
蓝天上白云飞翔
也会让姑娘们和老头

头脑发晕转向。

但老头们只配到
金顶白墙的修道院,
而姑娘们爱听的
是空洞骗人的劝告。

哦,罗斯,你这贪婪的巫婆,
你到处攫取所要的财物。
想逃吗?难道你只爱新的
抑或没有你人们也能生活?

可不要丢弃辟邪物,
命运女神正驾着车子,
搁架上和短枪摆在一起的
是勃拉姆别乌斯男爵和卢梭。

弗拉·比亚托·安吉利柯①

在那欢乐的鹰头马身怪邀请
带翅膀的飞狮在蓝天中玩耍；
在那黑夜之神从袖子里放出
圣洁的自然女神②和皇冠峨然
　　　　　　复仇女神③的地方；

在那死者的棺椁静静地停放，
但他们的意志、权威和力量
　　　　　　仍然活着的地方，
在众多声名显赫的大师当中，
啊哈，我只心爱一个人。

天才的拉斐尔十分伟大，
还有上帝的岩间爱子米开朗琪罗，
令人神往陶醉的达·芬奇，
以及赋予青铜的神秘的肉身的切里尼。

---

① 弗拉·比亚托·安吉利柯：意大利画家（约 1400—1455），文艺复兴早期代表人物。
② 自然女神：俄文为 нимфа，希腊神话中的自然女神。
③ 复仇女神：罗马神话中的福利埃，复仇三女神之一。

但拉斐尔没有苏醒，仍然安眠，
米开朗琪罗则完美得十分可怕，
达·芬奇叫人陶醉得心灵不安，
以至向往着无限幸福的境界。

在菲奥佐尔挺拔的杨树林中，
当绿草地上虞美人盛开的时候，
而在哥特式教堂深处，
受难者却沉睡在冰冷的圣骨匣里。

我敬爱的大师所创造的一切
都留下世上的爱和纯朴的印记。
是的，他并非什么都能画，
然而凡是他所画的都尽善尽美。

悬崖、森林，威武的骑士，——
他要奔向何方，教堂抑或未婚妻？
霞光落在城市的墙壁上，
一群人正行走在城郊的路中；

玛利亚抱着圣子耶稣，
这个鬈发，红光满面，
在圣诞之夜降生的婴孩

会让不育的妇女朝思暮想。

因而受难的圣徒并不害怕
穿蓝色褂子的刽子手,
他们在圣像光环下平安无事,
这里有亮点,那里另有亮点。

色彩,色彩——鲜艳而清纯,
色彩和他一起诞生一起消失。
据传说:他把鲜花融入了
主教祝福的油画中。

还有传说:六翼天使
微笑而友好地向他飞来,
拿起画笔要和他一比高低
在他美妙的画前……败下阵来。

上帝和世界永远存在,
而人的生命短暂又贫乏,
但人能容纳万物,
他热爱世界相信神。

诗篇①

孤岛上群峰巍然耸峙，
   云雾缭绕！
庄严的《启示录》在此写成，
   牧神潘②身殁于此。

这里还有棕树林、宫殿和
   欢乐的刈麦人；
远处传来铃铛丁零声
   是群羊走过。

手中的小提琴曼妙地拉动，
   屏住了呼吸
我谛听着铮玖的琴声中
   灵魂在飘荡。

对呀！这只是一杯苦酒，命运

---

① 诗篇：原文为 стaнc，意为诗节、诗篇。每节均表达一段完整的意思。

② 潘：希腊神话中森林之神，系牧人、猎人、养蜂人、渔人的保护神。

　　　　把我给打垮了,
深夜流星雨从头上飞过
　　　　响声和着叹息。

我成了自由人,重又相信成功,
　　　　我以四海为家,
亲吻着姑娘炽热的脸和她那
　　　　激情的双唇。

但自从连接着你我双方的
　　　　桥梁顷刻间坍塌,
这个家就被剑、十字架
　　　　和流星烧为灰烬了。

回　归

给安娜·阿赫玛托娃

趁着大家熟睡，我出了家门，
陪我同行的人躲在沟边树丛中，
也许天亮时，已经找不到我，
来不及了，我们早已到了旷野。

我的同伴是消瘦的黄种人，吊眼，
啊，我太喜欢他了，
他把辫子藏在彩色的厚呢斗篷里，
蝰蛇般的眼睛，张望着，轻轻叹息。

他诉说往事，奇闻和轶事，
诉说着一生没完没了的磨难；
传来寺院的频频钟声，
催我困倦，促我遗忘。

我们跋山涉水，穿过森林，
我们在异乡的篷车中投宿，
时而长途跋涉——年复一年，
时而白驹过隙——瞬息而已。

当我们到达中国的万里长城,
我的伙伴对我说:"再见吧,
我们要分路了:你走的是金光大道,
而我,我的出路是种稻和栽茶。"

在洁净的丘岗上,在茶园的上边,
在一座古老的佛塔旁佛陀在静坐。
我心中暗喜,俯首膜拜,
感到有生以来从未有过的欢喜。

谷地的境界如此安详,如此静谧,
我的同路人不停地唱呀唱,
还诉说着往事、奇闻、轶事,
和永恒的苦难,天空一片光明。

非洲之夜

正是夜半时分,伸手不见五指,
只有河水在月光下闪烁,
河的对岸是不知名的部落,
篝火点燃,一片喧腾。

明天我们就会遇见和知晓,
谁是这些地方的主人;
黑色的石头①是他们的保护神,
而保佑我们的是胸前的金十字。

我重又巡视篝火和陷阱,
这里会有物品,还有骡子;
在锡达莫②这个贫瘠的地方,
连树木都不生长。

我满心欢喜:假如我们能支配——
其实我们已经支配了许多,——

---

① 传说"黑石"是非洲民族的保护神。
② 锡达莫为埃塞俄比亚的乡村名。

道路又会像一条长长的蛇,
从一个丘岗蜿蜒到另一个丘岗。

如果明天乌埃比河的巨浪
在咆哮中夺去了我的生命,
死去的我,将会目睹,苍天上
恶煞如何挑战善良的神。

进　攻

原本可称为天堂的地方,
如今却战火纷飞,
我们已经进攻到第四天,
一连四天空着肚子。

在这可怕而又神圣的时刻,
不需要尘世丰盛可口的肴馔,
因为上帝的谕旨
比面包更好地喂饱我们。

在这浴血奋战的日子里——
这庄严而又英勇的日日夜夜,
头上是霰弹的猛烈射击
刀光剑影挥舞得比鸟儿还快。

我呼喊,我的喊声洪亮,
像黄铜撞击黄铜,
我是伟大思想的秉承者,
不能,我不能死去。

俄罗斯金子般的心
在我的胸中均匀地跳动,
有如轰响的棒槌,
有如海的怒涛。

沿着敌人败退的
尘土飞扬的道路,
我们心花怒放地打扮胜利女神,
如同用珍珠打扮一个姑娘。

我随和地对待今天的生活……

我随和地对待今天的生活,
  但我和生活之间总有隔膜,
让这趾高气扬的生活发噱的,
  唯有我的快乐。

胜利、荣誉、功勋——
  如今已消失的苍白的语言,
曾在我的心中,像洪钟,
  像荒漠中上帝的声音。

毫无必要的,不请自来的
  宁静悄悄地进入我的家;
我发誓要成为一支箭,
  涅姆罗或阿喀琉斯射出的箭。

哦不,我不是悲剧的英雄,
  我更幽默、更冷漠。
我发起怒来,像瓷器玩具中的
  金属玩偶,锐不可当。

他记得,众多的鬈发男女
  俯首膜拜在他的脚下;
祭司虔诚的祷告
  和使森林战栗的大雷雨。

他含着一脸苦笑看着
  总是不动的秋千,
在那里牧人为胸脯高耸的贵妇
  吹起悦耳动听的芦笛。

我不是平静地生活过来……

我不是平静地生活过来，
我半生历经尘世的磨难，
哦，上帝啊，你让我
空怀无法实现的梦想。

我登上法福尔山极目四望，
我感到满怀莫名的愁绪，
陆地和海洋让我迷恋，
还有生活中异想天开的梦；

我充沛的青春活力
不会屈服于你的力量，
你的女儿们的花容月貌
痛苦地折磨着我的心。

难道爱情是朵鲜艳的小花，
她只有瞬间的绽放，
难道爱情是颗微弱的火星，
轻轻一吹就会熄灭？

怀着平静和惆怅的焦虑
我得过且过地把寿命延长,
至于来日你且自考虑吧,
而我就这样了此一生。

伊斯兰

献给 O. H. 维索茨卡娅

我们在夜咖啡馆静静地喝基扬提,
一个高个子头发花白的厄芬第人
喊了一声雪利 – 白兰地走了进来,
这是全近东基督教徒最凶恶的敌人。

我提醒他:"我的朋友,别再
硬充可鄙的花花公子。"
据说,此刻在苍茫的暮色中
达马扬提就会进来。

可他跺了一下脚喊道:"伙计!
你知道吗?卡佩的黑宝石
上星期被鉴定为赝品。"

他沉思了一会儿,叹口气,
愁眉苦脸地嘟囔:"老鼠
吃掉了先知的三根胡须。"

老姑娘

生活叫人愁,生活太空虚,
谁也不怜惜我;
客厅里还是那些小花瓶,
还是那些画框和托盘。

我诅咒愁人的命运,
拿起又脏又旧的书。
书中有公子哥
可追求的不是我。

而明镜中我的面容
依然青春焕发,
是月光下婀娜多姿的女神
亭亭玉立在碧波的涟漪上。

若在古老的中世纪
我是一位公主,我
颤抖着接受
俊俏侍从的赞美。

或在凡尔赛的
节日里,大地沉沉欲睡,
少年们目光忧伤,
我迷住了白马王子。

或让巴黎的半上流社会①
沉醉在我的浪漫曲中,
那美发鬈曲的诗人
为我写下抒情诗篇。

我要嫁人,成为贵妇,
做一个泼辣而又忠贞的妻子,
可我的幻想却那么渺茫,
任何时候都变不了现实。

然而我变得迟暮衰老,
死神像穿铠甲的骑士,
手捧鲜红的玫瑰花,
快马加鞭紧随着我。

---

① 源自法语 demi – monde,指资产阶级社会中模仿上流社会生活方式的妇女。

选自《篝火》

(1918)

树　木

我知道，在这拥挤的星球上，
树木比我们生活得甜美，
在这星星照耀的温馨的土地上
我们无家可归，树木却异常茂盛。

在深秋广漠的原野上，
火红的落霞和灿烂的朝阳
把树木装扮得艳丽——
这自生自灭的绿色群体。

橡树林中和棕榈荫下
有它们的摩西和玛利亚①……
它们的灵魂正轻轻地互相召唤，
像漫漫长夜中涌动的清泉。

一股股泉水在大地深处，
穿透岩石，汩汩流淌：

---

① 原书中的摩西和玛利亚均用复数，当指树木的先知和圣母。

它们欢歌笑语,在那榆树
折断的地方,在那梧桐覆盖处。

啊,要是我能找到一块净土,
在那里我能够不哭泣、不悲歌,
我将默默地攀登上
天长地久至高无上的地方!

安德烈·鲁勃廖夫[①]

我虔诚而又愉悦地知道,
修士们微妙又神秘的符号;
圣母安详的面庞宛若
创世主许诺的天堂。

鼻子是高高耸立的树干;
两弯细细的眉毛宽阔地
舒展在笔直的鼻梁上,
好似曲折的棕榈树枝。

一双忧郁的眼睛
像两只不祥的美人鸟,
滔滔不绝地诉说着,
心灵的一切隐秘。

开阔的前额像天穹,
那一绺卷发是天穹上的彩云;

---

① 安德烈·鲁勃廖夫:莫斯科公国圣像画家(约1360—1370),莫斯科画派的大师。

温柔的六翼天使想必
正羞怯地飞翔在其间。

再看那树干底下
是双唇——其颜色只能是天上有，
由于这美丽的颜色
人类的母亲夏娃违背了神谕。

这一切，安德烈·鲁勃廖夫用
令人惊叹的画笔为我描绘。
而世上艰苦的劳动
变成了上帝的祝福。

秋

灿烂的天空秋高气爽
阵阵凉风吹动着
串串鲜红似血的花楸果,
我鞭策着奔马
驰过了温室的玻璃窗,
古老花园的栏杆
和天鹅游弋的池塘。
棕红色毛烘烘的
爱犬和我一起奔跑
我是那么爱它
远胜过自己的兄弟,
如果它气绝而死,
我会永远记住它。
马蹄的响声加快,
尘埃飞得更高。
要追上这纯种的
阿拉伯马谈何容易。
我气喘吁吁的,也许
得坐下歇一歇,

这块石头又大又平，
我惊异地望着
灿烂美丽的天空
有气无力地谛听
阵阵呼啸的秋风。

童　年

孩提时我爱散发着
馨香的辽阔草原，
小的树林、干枯的草地
和荒草中露出的牛角。

路边每一丛蒙尘的灌木
都对我喊道："和你开个玩笑，
从我这经过，可得小心，
你将会知道，我的厉害！"

只有呼啸而过的猛烈秋风，
才使得游戏中止，——
心跳得更加均匀，
我相信，我要死去。

非只我一人，还有我的朋友：
款冬花和牛蒡草，
在那遥远的天边
我突然领悟了一切。

因而我喜欢别出心裁的
雷声隆隆的战争游戏,
由此可见人血并不比
野草绿色的汁液神圣。

小　城

辽阔的河流两侧，
散落着一座小城，
由一条带状的桥梁连接，
编年史家曾多次提及。

我知道小城里——
人们过着正常的生活，
犹如河上的小船，
朝着已知的目标驶去。

一排柱子矗立在
禁区边，这里士兵们
在响亮的号声下行进，
就像一群梦游病患者。

集市上熙熙攘攘，
庄稼汉、茨冈人和过路人——
讨价还价，生意兴隆，
招徕顾客花言巧语。

在结实整齐的房子里
皮肤白皙、眼睛黝黑,
裹着撒马尔罕花头巾,
优雅的主妇在等待客人。

省长的官邸
夜晚灯火通明,
长官的坐骑——
使整座省城为之惊叹。

春天,姑娘们和心爱的小伙
因爱情而陶醉,他们在墓园中
悄悄地谈情说爱:"我的宝贝和王子!"
他们在坟墓上亲密接吻。

教堂顶上十字架高高耸立,
象征着祖国高贵的权力。
传来了悠扬而悦耳的钟声
——人类睿智语言的声音。

流　冰

岛屿已换上
嫩绿色的春装，
但不，多变的涅瓦河
很快又会显得阴沉沉。

走上桥梁，目光往下看：
只见层层浮冰前后相拥，
像一堆铜绿色的孔雀石，
发出可怖的刺耳声。

在这变幻莫测的梦境，
从未见过的冰层
它那愁人的阵势，
让地理学家也感到困惑。

既像秘密的地窖，
又像深埋的尸体和跳动的蟾蜍；
散发出蘑菇般的湿气，
那么飘浮不定，那么微弱。

河流结冰，河流冻塞。
只有动物园里的白熊
志得意满神气十足，
相信好日子已经来临。

让它们费解的是——
正是结冰的海洋
把它们从难熬的窝中
放到冰天雪地中来。

大自然

这就是整个的她,
未得到圣灵眷顾的大自然;
这里有蜂蜜散发的馨香
正同沼泽的气息混合的草地;

风悲哀地哭泣,
就像远处狼群的嗥叫;
变幻的云彩正在
茂密的松林上空移动。

我看见影和形,
我看见发怒的造物主
他散播的种子
只发出微小差异的萌芽。

大地为何要跟我开玩笑;
脱掉贫瘠的外衣吧,
还你本来的面貌——
一颗烈火燃烧的星球。

我和你们

是的,我明白,我和你们不般配,
我来自另一个国家,
我喜欢的不是吉他,
是野蛮人的唢呐。

不在乐厅,也不在沙龙
不为女士,也不是为士绅——
我只对着蛟龙、瀑布
和云朵朗诵诗歌。

我喜欢,像沙漠中的阿拉伯人
趴在水边啜饮清泉,
而不是像穿短斗篷的骑士
观察着星星和等待。

我不想当着公证人
和医生,死在床上,
而是在布满茂密藤萝的
可怕的缝隙中死去。

不是升入大门洞开的

新教徒整洁的天堂，

而是走向那强盗、税吏

和荡妇叫喊"起来！"的地方。

蛇

啊哈,从前可不是这样,
地祇和天神斗法,
说奇怪也真奇怪,
说神奇也确神奇……

翼蛇在五月的深夜
忘了金帐汗国,
和中国平原上的隆隆雷声,
常常隐身在无人的花园里,

只有姑娘们迈着均匀的
步伐出来欣赏月光,——
翼蛇冷不防叼起一个,
腾空而起,返身飞去。

它像在清冷的月光下
闪闪发光的铠甲,
又像罗斯森林上矫健的苍鹰,
在清脆的叫声中飞翔消失;

"无论何时,无论何地,
不管天涯海角,东方国度,
我从未见过如此美貌佳人,
如花似玉的白天鹅儿。

在拉戈尔我富丽堂皇的宫中
这样的美人还无一个;
她们会死在半路,而尸体
我就丢进里海深渊。

为什么这些愚蠢的人儿
会以为睡在海底怪物中间,
胜过在豪华的王家床榻上
依偎在我宽大的怀抱里?

有时我真羡慕草地上
吹牧笛的小伙的好运,
他调情说爱的俏皮话
让姑娘们心花怒放。"

牧神沃尔加一听见叫声
便走出来,皱着眉头观看,
把绳子套在他那头
白色老公牛的角上。

庄稼汉

在树木和沼泽密布的地方，
沿着死水微澜的河畔，
在拥挤而又阴暗的木屋中
有一群古怪的庄稼汉。

一个这样的庄稼汉踏上
羽茅草蔓延的崎岖路，
传来风神斯特里伯格的呼叫，
仿佛听到了古老的传说。

一个目光迟疑的
佩切涅格人从这里走过……
周围几条变浅的河流
弥漫着湿气和烟雾。

他轻松地拎着背囊，
林间的道路飘荡起
缠绵而又轻柔的歌声，
歌声撩人，挑逗。

这条道路既亮堂又黑暗，
荒野里响起强盗的呼哨，
争吵、血斗噩梦般
出现在可怕的小酒店。

天啊！他竟然来到
我们自豪的首都——
他让广袤罗斯的
女皇神魂为之颠倒。

可爱的目光，迷人的微笑，
无法抗拒的挑逗的语言。——
还有那宽阔的胸脯上
金光灿灿的十字架。

哦真可悲！即使喀山大教堂
和伊萨克大教堂顶上的十字架，
也能不向它顶礼膜拜，
能不退避三舍自愧不如？

射击声、喊叫声和警钟声
响起在颤抖的首都上空，
全城都叫这只母狮激怒，

而它正守护着自己的幼仔。

"好吧,东正教的信徒们,
把我的尸体烧化在桥洞里,
任骨灰随风飘散……
可谁来保护无依无靠的幼仔?

在天涯海角和穷乡僻壤,
有许多这样的庄稼汉,
在你的道路上可以听见
他们欢快的脚步声。"

工　人

他站在烧得通红的炉前，
这是一个身材不高的老人。
从他眨巴着的发红的眼皮里
射出的平静目光十分温柔。

他的工友全都睡熟了，
唯独他一人还在忙活，
他一刻也不停地铸造子弹，
这子弹要让我离开尘世。

铸完了，眼睛不再眨巴了，
他往家走，月光皎洁。
家里在大床上等待他的，
是睡眼惺忪而又暖和和的妻子。

他铸的子弹呼啸着飞过
波浪起伏的德维纳河，
他铸的子弹在瞄准
我的胸膛，把我打中了。

我倒下了,痛苦万分,
我仿佛见到了过去的一切;
鲜血像泉水一样涌到
干枯的盖满尘土的荒草上。

在我短暂而痛苦的岁月中
上帝给了我最严厉的惩罚。
执行的正是这个身穿灰蓝色
短上衣个子不高的老人。

瑞　典

寒意料峭的国度里，
森林茂密，群山起伏，
倒挂的瀑布飞流直下
仿佛预示着灾难将临。

我们永远神圣的国度
告诉我，你可曾记得：
当年勇猛的开拓者
如何从瓦兰吉亚①来到希腊？

请回答：为了证明那
可怕的灾殃，真的要把
奥列格坚固的铜盾遗忘在
察里格勒②壮丽的城门下？

为了光荣、权力和胜利
你扶植的姐妹，

---

① 瓦兰吉亚：古俄罗斯对北欧诺尔曼人的称呼。
② 察里格勒：古俄罗斯对君士坦丁堡（今伊斯坦布尔）的称谓。

像昨日一样再次
陶醉在痛苦的梦呓中？

莫非你那沁人心脾的清风
徒然从我们耳边徐徐吹过，
你的留里克①也枉然来到
斯拉夫人和佩切涅克人的罗斯？

---

① 留里克：据编年史记载原为瓦兰（瓦兰吉亚）部队统领，后到诺夫哥罗德任大公，系俄罗斯留里克王朝奠基人。

挪威的群山

群山,我一点也不明白:
你们的颂歌是亵渎还是赞美;
你们对着寒冷的湖泊凝眸,
是虔诚的祷告抑或是妖术?

在这里皮尔·贡特①骑着神鹿
飞奔在最难超越的悬崖上,
犹如恶魔骑着火红的快马,
发出怪声怪气的嘲笑声。

而勃兰德,你这地上王国
非法的继承人,唯一被彻底打败的
严酷的说教者,难道不是在这里,
奉上帝的名义推动雪崩?

那永恒的积雪和湛蓝得
像宝石一样的冰山宝藏!

---

① 皮尔·贡特:挪威剧作家易卜生五幕剧《皮尔·贡特》的主人公,一译《培尔·金特》。

和我的国土一样

可怕的土地永远寸草不生。

这些非凡的面孔多么奇异,

鬈发是白雪,眼睛像通向地狱的洞穴,

瀑布像灰色的胡须

从风暴吹打的脸颊上飞流。

在北海上

我们真正源自
古老的征服者种族,
他们把宽阔的彩色
风帆升起在北海上,
并从长长的平底船
跳上诺曼底人平坦的海岸——
把大火和死亡
带到古老公国。

岂止是一百年
我们就这样在世上游荡,
我们游荡吹着号角,
我们游荡敲着战鼓;
——难道一个共和国或国王
就不需要强有力的手,
就不需要铁石心肠,
就不需要鲜红的血?

唉,伙计,给我们
快一点拿酒来,
马拉加或波尔多的红酒,

当然,最好是威士忌!
喏,那里是什么?
潜水艇,
还是浮动的水雷?
自有水兵去应对!

我们真正源自
古老的征服者种族,
我们注定终生浪游,
从高高的塔楼掉下,
沉入灰色的海洋
用自己的热血
去饮贪婪的酒徒——
铁、钢和铅。

然而诗人们照样
用不同的语言写作——
用西方的或东方的语言,
然而在马德里还是阿冯①
僧侣们照样在祷告,
把悲伤的烛光点燃,
然而妇女们照样在思念——
思念我们,唯有我们。

---

① 阿冯:希腊境内的山名和半岛名。

斯德哥尔摩

为何我要梦见这样一个动乱、
无序,诞生于远古的城市,
梦见斯德哥尔摩……这样不安,
几乎没有一点欢乐的梦。

可能是过节,也许我不知道,
只听见钟声,不停的钟声;
整个城市在祷告,在轰鸣,在隆隆作响,
活像一座极力振动的大机器。

我站在高山上,仿佛要向人们
宣讲某种教义,
我看见澄澈平静的江河,
周围的树丛、森林和田野。
"天啊,如果——我惊呼——
这个国家真是我的祖国?
我曾否在这个绿草如茵、
阳光明媚的国度爱和死过?"

我明白,我永远迷失了方向
在空间和时间的盲目递嬗中,
亲爱的江河正奔流不息,
而通向它们的路却永远对我禁止。

超越记忆

这就是全部生活!
跳舞、唱歌、海洋、沙漠、城市,
永远消失的
回光返照。

熊熊的火焰,悠扬的号角,
飞奔的红鬃烈马,
然后是热烈的亲吻,
似乎在证实幸福。

接着又是惊喜和伤心,
又是和从前及永恒那样,
大海掀起了雾蒙蒙的浪涛,
崛起着沙漠和城市。

什么时候,我终于从睡梦中
苏醒,我将重又是我,——
一个在神圣的黄昏,在河边
打盹儿的天真纯朴的印第安人!

你散布繁星

你不是永远不可亲近和骄矜,
也不是永远不思念我,——

轻轻地、轻轻地、温柔如在梦乡,
有时你也会来到我的身旁。

我不能亲吻你额前
浓浓密密的发绺。

和魔幻般的月亮光
点燃的那双大眼睛。

我柔情的朋友,冷酷的敌人,
你轻盈的脚步是如此美妙,

你散发着星星和花朵,
就像踩上我的心田,

那能和你在一起的人,
在世上还有什么可爱怜?

厄兹别基园

真不可思议，整整十年了，
自从我看到厄兹别基花园，
那是开罗巨大的花园，正当
满月庄严地照耀着它的晚上。

当时我正受一个女人的折磨，
无论是海上阵阵吹来的轻风
抑或是异国情调的集市喧闹，
都不能让我的心得到抚慰。
我只有祈求上帝赐给我一死，
而我也已经准备去迎接死亡。

这座巨大的花园，它完全像
世界初创时的神圣的伊甸园：
园中挺拔的棕榈树和娉婷的
少女，连上帝也会为她下凡；

丘岗上长满巨大的悬铃木，
犹如克勒特人未卜先知的祭司，

黑暗中闪着千丈白光的瀑布
飞流而下，像直立起来的独角兽；
在那高高盛开的百花丛中
正时时飞舞着流连的戏蝶，
它们还翩翩起舞在群星——
像成熟的伏牛花一样低垂的众星之中。

我犹记得，曾高喊："生命
——超越痛苦，蔑视死亡！
主啊，接受我至诚的誓言：
不管后果如何，是遇到悲剧
还是羞辱，当我在同样的月夜
重又走到厄兹别基花园的
棕榈树和悬铃木之前，
我不会想到无谓的死亡。"

真不可思议，时光才过十年，
我就不能不想起棕榈树，
悬铃木，以及在黑暗中发出白光，
像独角兽一般飞流而下的瀑布。
突然我环顾四周，我听见了
风的呼啸，异国语言的喧闹，
以及在可怕的夜的岑寂中
神秘的词儿——厄兹别基。

是的,仅只十年,但我,苦闷的旅人,
重又踏上征途,重又看到
大海、乌云和陌生的面孔——
这一切不再叫我陶醉的事物。
我要走进那个花园,重复
我曾说过的誓言,或且说:
我履行了,如今我已释然。

 # 选自《帐篷》
（1921）

纪念我的非洲之行的族伴
尼古拉·列昂尼道维奇·斯维尔奇科夫

前　言

六翼天使们在天上

悄悄细语：噢你，我的非洲，

吼叫和跺脚声让你发聋，

火焰和炊烟把你淹没。

　　打开你的福音书，

　　叙述你那不可思议的生活，

　　可怕而又奇异的生活，

　　想起你面前天真的安琪儿。

听一听你的行动和幻想，

听一听残酷的心灵之声，

你，好比巨大的梨子

悬挂在欧亚大陆古老的树上。

　　命运多舛的我向你讲述

　　那身披豹皮的首领

　　在黑暗的密林中，

　　把雄壮严肃的战士带向胜利。

讲述树木和古老的偶像，

这些不怀好意的讪笑的偶像，

以及趴在树上的群狮，

它们用尾巴拍打着肋骨。
  为此请指给我一条小路,
  在那没有人走过的地方;
  请用我的名字给那条
  至今未被发现的河命名。
请给我最后一次恩典,
我将走向那神圣的地方;
让我安息在圣母玛利亚
和耶稣休息的梧桐树下。

红　海

你好，红海，鲨鱼汤，
黑人的澡堂，沙石砌的炉灶，
你的海岸没有潮湿的苔藓，
林立的石灰岩像奇异的仙人掌。

在你那些晚潮没有涨到的
岛屿和滚烫的沙滩上
奇形怪状的水族、章鱼、
北螺和剑鱼都干渴而死。

从非洲海岸驶来的独木舟
在红海周围寻找珍珠，
从阿拉伯海岸来的三桅船
正奋力把它们驱赶到东方。

有时远洋的轮船开进它们当中，
就像老师来到了顽童中间，
雪水在螺旋桨下咔嚓作响，
而甲板上堆满玫瑰和冰块。

你毫无办法,让飓风怒号去,
浪涛排山倒海,越来越大。
船长也只好叹口气,说:
"谢天谢地,好凉快,够热了!"

火光映照的明亮的天空,
光芒四射,宛若鲜花怒放,
红海啊红海,你白天恢宏威严,
但晚上更加辉煌灿烂。

海水的气流一升入天空,
黑美人鱼的身影就闪在浪尖上,
我们陌生的星座,十字架和斧子
燃烧在你的上空,在天上的花园里。

从林木蓊郁的峡谷走出象群,
敏锐地听着涨潮的声音;
嬉戏在缺月的映照下,
来到水边,警觉地防备着鲨鱼。

当月亮运行到中天,
融化着海的气味,冉冉上升。
你的表面像爱奥尔人的竖琴,

琴声从苏伊士响到了巴博勒。

你还记得,只有一个海,
就是你,红海执行了上帝的谕旨,
分开了被浪涛紧攥的双手,
让摩西通过,让法老死亡。

索马里

记得那夜晚和那多沙的国家,
还有一轮低垂在天边的明月,

还记得,我不能把月光
从她那黄金的道路移开。

那儿阳光明媚,鸟儿唱歌,
池塘上花儿正盛开,

那儿听不见,凶猛的狮子
漫步时震动沟壑的咆哮,

深夜里含羞草带刺的枝叶
也没阻挡过路人。

这晚上只有树影婆娑,
索马里人悄悄地靠近我,

他们那褐发蓬松的首领

宣布了我的死刑，

他用邪恶的目光从疑惑的
眼睑下窥视我带有多少人。

他带了一帮哀号混杂的人群，
明天就要决战，残酷的苦战。

骆驼踩踏着横竖的尸体，
投枪和毒箭雨点般射来……

夜半时分我叫醒了旅伴，
山岗的后面传来了海的啸声，

人们死在深渊里，我们留在
上面的，也在黑暗中等待死亡。

我们重新上路。茅草飘动，
散发出狮子的汗臭味，

一堆堆头盖骨和骷髅在黑色的
令人敬畏的石头中闪闪发白。

在整个非洲再没有比

索马里更可怕、更凄凉的地方,

在她那沙石的坑边,
黑暗中有多少白人被投枪穿透,

然而他们来了,战斗着,
前仆后继,又有新来的,

黎明前,月亮慢慢西移,
但月亮已变了样,既可怕又美丽,

我明白了,月亮像骑士的盾牌,
赞美英雄们永恒的光荣,

我命骆驼队躺下,把自由的
心灵付托给了火枪。

霍屯督人的宇宙观

人总是盲目自信,
人的力量小之又小,
曾经有过一只鸟儿
统治大地远比人类强。

每天拂晓它早早出来
飞到海洋的陡岸上
吞下整块整块的岩石,
连岛屿也一口吞下。

在肃穆的傍晚,
在彩云的照耀下,
它抬头放声歌唱,
歌唱上帝和他的奇迹。

它用足画符号,
就是在黑暗的地下也能辨认,
用足在沙地上画下
将会有的和曾经有过的,

它是这样地美丽,
这样和谐地画和唱,
竟想和上帝比个高低,
这不自量的鸟儿。

能使整个世界都清洁的上帝,
猜透了它叵测的居心
给了它严厉的惩罚,
把它撕成了两半。

那上面的一半,就是会唱歌的,
歌唱上帝和他的奇迹,
变成了世界上的霍屯督人
他们歌唱,欢乐地歌唱。

那下面的一半,就是能画画的,
画出那就在黑暗的地下也认出来的,
变成了世界上的布须曼人
他们用符号美化墙壁。

它的羽毛飘散四方
远远地飘过海洋,
变成了白色人种,

来到我们这里,越来越多。

白色的部分繁衍生息
重又感受到世上的幸福,
浑身白毛的大鸟
在自己的土地上树立了权威。

赤道森林

我把帐篷搭在阿比西尼亚
逶迤西去的群山的石坡上,
连日来欣赏着远处森林
翠绿树冠上绚丽的霞光。

从密林深处飞来一群鸟儿,
长长的尾巴镶着碧玉般的羽毛;
快乐的斑马每逢夜晚跑出森林,
我仿佛听到它们的嘶叫和脚蹄声。

有一天晚霞特别绚丽璀璨,
一股异常的气味从林中飘来,
一个欧洲人来到了我的帐篷前,
那么瘦,头发凌乱,要吃的。

他笨拙贪婪地一直吃到深夜,
把沙丁鱼放在夹肉的面包上,

像吞药丸一样吞咽马吉①
拒绝向苦艾酒中掺兑白水。

我问他:为什么他脸色如此死白,
干瘦的双手像树叶抖得这么厉害?
"得了森林寒热病。"
他答道,惊慌万状地回头看。

我问他:凹陷的胸前,
透过衣服巨大溃烂的伤口,
是怎么回事?"林中的大猩猩。"
他说着,不敢向四周张望。

一个侏儒跟着他,又裸又黑,
一点点高,依我看,不会说话,
像狗一样,坐在主人背后,
把那一张狗脸塞在膝盖间。

我的仆人推他一下,逗着玩,
他露出可怕的牙齿,
然后不停地生气和嗤着鼻子
用彩色的标枪敲打这土地。

---

① 马吉:一种食物。

我给疲乏的客人铺了一张床,
我自己睡在豹皮上,但睡不着,
贪婪地听着森林来客
长长的可怕的经历和热病呓语。

他喘着气:"太黑了!森林
没有尽头,我们看不到阳光!
皮埃尔,日记簿在你的内衣里?
我们还不如死掉,也比这日子强。

这些人为什么给我们留一条命?
太可悲了!罗盘叫他们拿走了!
我们怎么办?看不见野兽和鸟,
只能听见上下四周的簌簌声和啼叫。

皮埃尔,你看见篝火了?哪里有人!
也许我们得救了?
这些侏儒……他们有多少,多少人……
皮埃尔,开枪!火堆里露出人腿!

去搏斗!当心,有毒箭!
打那个树墩上的,他在喊,他是头头儿!
糟糕,我的步枪打碎了……
我完了……我被打倒了。

不,我还活着,我被捆住了!
放开我,坏蛋,我不能看!
皮埃尔被火烧,我和他在马赛玩,
像小孩一样,在海边玩得开心。

你想什么,恶狗?你下跪?
我瞧不起你,你这可鄙的畜生!
你舔我的手,你解开绑着我的绳?
哦,我明白了,你是把我当做神。

让我们跑吧!不要拿人肉,
无所不能的神是不吃人肉的。
森林!啊,没有尽头的森林!
我饿,阿加,就给捉一条大蛇。"

他呻吟,他呼哧,他抓住胸部,
天亮时,我感到幻觉,我打盹儿了,
当我试图把他叫醒时,
我看到苍蝇都爬到他的眼皮上。

我把他埋在棕榈树下,
在一堆石头上竖起一个十字架
在一块木板上写下几个字:

"这里埋着一个基督教徒,为他祈祷吧!"

侏儒擦干净标枪,平静地望着,
当我做完这可悲的仪式,
他跳起来,不喊叫,沿着斜坡平跑了,
像一只小鹿跑进了自己的森林。

一年以后,我读着法国的报纸,
我读着,伤心地低下头:
"在上刚果的艰苦探险中,
至今还没有一个人回来。"

 # 选自《火柱》
（1921）

献给安娜·尼古拉耶芙娜·古米廖娃[①]

[①] 即古米廖夫的第二任妻子，娘家姓恩格尔哈特。

记　忆

只有蛇才会蜕皮，
是为了让灵魂衰老和成熟，
唉，我们和蛇类却不一样，
我们变换的是灵魂，不是肉体。

记忆，你用巨人之手
引领生命，紧抓住马的辔头。
你且讲一讲，在我之前，
生存在肉体里的那些人。

最早的一个：丑陋、瘦削
他只爱林间的暮色，
凋零的落叶，他是有魔力的小孩，
他能呼风唤雨。

树和棕色茸毛的狗，
都是他喜爱的朋友，
记忆呀记忆，你没有找到标志，
你没有让世界相信，那就是我。

第二个……他爱南方吹来的风,
每一次呼啸中都听到竖琴的玎玞,
他说生命就是他的女友,
世界是他脚下的地毯。

我完全不喜欢他;只为了
他想成为上帝和沙皇,
他把诗人的招牌挂在
我无人问津的家门上。

我爱自由的宠儿,
航海者和神枪手,
啊,海水为他放声歌唱,
连天上的云彩也嫉妒他。

他的帐篷高高立起
骡子快捷又力大无穷,
如饮醇酒,他陶醉在白人
陌生的异国清新空气里。

记忆,你一年比一年淡薄,
正是他,抑或是另一个人
把快乐的自由

换成了等待已久的圣战。

他饱尝饥渴的痛苦,
杌陧不安的梦,没有尽头的征途,
但圣十字章曾两度挂在
他连子弹也没有碰过的胸膛上。

我是矗立在黑暗中一座庙宇的
忧郁而执着的建筑师,
我曾经热烈颂赞祖国的荣誉,
既在天上,也在人间。

我的心将被烈焰燃烧
直到有一天在我亲爱的
祖国的大地上耸立起
辉煌的新耶路撒冷城墙。

到那时会吹来一阵奇异的风,
天上还会洒落一道可怕的光,
这是银河突然像鲜花怒放,
犹如光彩夺目的星座中的花园。

一个陌生的旅人出现在我面前,
双手捂着脸;我全明白了,

我看见一头狮子紧跟着他,
一只苍鹰正向他飞来。

我大喊一声……但又有谁来搭救,
使我的灵魂不至于死亡?
只有蛇才会蜕皮,
我们改变的是灵魂,不是肉体。

树　林

在那片树林里，灰白色的树干
突然出现在一片黑暗中，

纵横交错的树根，
像墓中长眠者伸出的胳膊。

明亮的黄叶交织成的树冠下
生活着巨人、侏儒和狮子，

渔夫们在沙滩上发现
一个六只指头的手印。

法兰西贵族院或圆桌会议的
议员们永不会沿小路到这里，

这里的丛林没有盗贼窝藏，
苦行僧也不会在这里穴居。

只有一次雷雨交加的夜晚
从这里走出一个猫脸女人，

但却戴着一顶银铸的冠冕。
她一直呻吟和喘息到天明

来不及让神父给她做弥撒
就在清晨默默地死去。

这早已,早已时隔多年
至今没有留下一点痕迹,

这发生在,发生在一个
你做梦也想不到的地方。

我想像,看见了你那
似火蛇一样盘在头上的辫子,

和像损坏的波斯绿松石一样
闪着绿色光芒的眼睛,

兴许那树林是你的灵魂,
兴许那树林是我的爱情,

兴许当我们双双死去时,
就会一起走向这树林。

词

有一天上帝把脸
朝向新创造的世界,
于是人们用词让太阳
停止转动,用词把城市毁灭。

鹰不再展翅高飞,
星星恐惧地依偎月亮,
宛若玫瑰色的火焰,
词飘向了云霄。

对于贫贱的生活只需数字,
就像只需家畜和役使的牛马,
因为奇妙的数字能传达
思想的一切细微含义。

亲手征服善和恶
的银发族长,
不肯发出声音
用拐杖在沙土上画了数字。

可我们忘记了,在尘世的不安中
只有词是普照大地的,
在《新约》圣经中,
约翰①说:词就是上帝。

我们用自然界简单的界限
在它的周围设置了樊篱,
就像把蜜蜂围入了蜂巢,
僵死的词就发出了陈腐的气味。

---

① 《圣经》中为耶稣施洗的约翰。

灵与肉

I

夜的岑寂飘浮在城阙的上空，
簌簌声一次比一次深沉，
而你，灵魂，你总是沉默，
上帝啊，宽恕那些缄默不言的灵魂。

我的灵魂回答我了，
就像远处的竖琴鸣奏：
"为什么为了生存我要在
可鄙的人身上睁开两眼。

愚蠢的我抛弃了自己的家
去追求另一个豪华的住处，
地球成了我最终的归宿，
这里是苦役犯戴着镣铐的地方。

"啊，我多么憎恨爱情

以及一直伴随着你们的疾病,
它一再让世界变得黯淡无光,
我陌生的世界,但和谐又美好。

"如果有什么能让我想起
这星球大合唱中闪烁而过的往事,
那就是我无法摆脱的伴侣——痛苦,
冷漠而不值得一提的痛苦。"

II

金色的晚霞变成铜一样的颜色,
云彩像绿色的铜锈弥漫天空,
于是我对肉体说:"回答我
关于灵魂所说的一切。"

这时我的肉体,平凡然而
热血沸腾的肉体,回答说:
"我并不知道,什么是生存,
虽然我知道,爱情是什么,

我爱在海水中翻腾冲浪,
倾听鹰隼的叫声,
我爱骑未经驯服的马

飞奔在散发着芳草馨香的林中。

我爱女人……当我吻着
她那下垂的眼睛,
我陶醉得有如暴风雨来临,
抑或如饮清泉。

然而我要为我所想的一切,
所有的悲伤、快乐和妄想,
像一个男人所做的那样,
付出最后注定死亡的代价。"

III

上帝的旨意在大熊星座的
高空开始闪闪发光,并问:
"探问者,你是谁?"
于是灵与肉同时显现在我的面前,

我慢慢抬起目光对着它们
亲切而又狡猾地回答:
"请告诉我,如果月牙儿闪闪发光,
聪明的狗真的会对它吠叫?"

"你们既然一再追问我是谁;
我就是那唯一的瞬间,
从创世之日到烈火燃烧的
世界末日来临的那一瞬间。

"我,就是那伊格德拉季尔树①
有一颗四十九个宇宙大的头颅,
在我看来,地上的田园和那
安乐的田园难道不是一掬尘土?

"我是正在沉睡的那个人,
悠远的时光淡化了我神秘的名称;
而你们,你们是梦幻的微光返照,
是消失在我的意识深处的微光!"

---

① 伊格德拉季尔树:冰岛神话中的神树,它的头有四十九个宇宙大。

第一抒情曲[①]

在朦胧的睡梦中,
在我寂寞的庭院里
一团红色摇曳的火,
发出大声的叫喊。

清风徐徐地吹来,
来自皎洁的月亮。
清风柔情又微痛,
拍打我静静的脸。

初升的晚霞
爬上了陡崖,
琥珀绿映红
点缀着涌动的乌云。

此刻我诞生了,
此刻我将死去,

[①] 这里的"抒情曲"音译为"康佐那",为文艺复兴时期流行于意大利和法国的民间抒情曲。

然而我没梦见
通向至善的路。

我的双唇至乐
只吻着一个人，
我和她一起
无须飞向高处。

第二抒情曲

并非完全在辽阔的天底下,
我们是在一片漆黑的角落里,
夏天带着睡意把明媚的日子
当作蔚蓝色的历书翻开。

滴滴答答摇晃不停的钟摆,
是时间不予承认的未婚夫,
它把美好的光阴
魔怪般地一分一秒送走。

因此每一条街道都尘土飞扬,
每一丛树木都要干枯,
以至于洁白的六翼天使
也无法牵引套上笼头的独角兽。

而在你深深埋藏的痛苦中
亲爱的,却有一朵火红的曼陀罗,
她像一阵从远方的国度吹到
这可诅咒的角落的凉风。

在那里，一切都在闪光，律动，
都在歌唱，是我们生活的地方。
在这里一片死水的池塘
映照的只是我们双双的影子。

仿波斯曲

你的语言宛若夜莺啼啭,
你的语言宛若珍珠闪光,
野兽的号叫——我的语言,
它们的皮毛、獠牙和尖角。

美人,我可成了疯子。

为了你这设拉子①的玫瑰的脸颊,
我失去我脸颊上的红晕,
为了你金色的头发
我散尽了我的黄金。

我如今一无所有,美人。

为了哪怕只一回见到
你那绿宝石般的目光一闪,
我一连七个夜晚未曾合眼,

---

① 设拉子:玫瑰和夜莺之城。

没有离开你的门前。

我的双眼都布满了血丝,美人。

由于你总是足不出户,
我也从不离开乡村的小酒店,
由于你珍重矜持,
我的手伸向了匕首。

我成了粗野的恶棍,美人。

如果太阳不落,上帝永在,
那你就跨过我的门槛儿。

第六感觉

壶中醉人的醇酒,
炉上香甜的面包,
可遇而不可求的佳丽,
既让人痛苦,又叫人销魂。

寒天上玫瑰色的落霞
和那静谧的非尘世的安宁,
面对着这不朽的诗篇
我们将情何以堪?

无论是吃,无论是饮,无论是亲吻
都不可阻挡地稍纵即逝,
我们无可奈何,只好又
离开大道前行,前行。

宛若一个孩童,忘了嬉戏,
偶然注视着沐浴的少女
虽然对爱情一无所知,
还是被隐隐的欲望折磨。

犹如茂密的荒草丛中
一只羽毛未丰的雏鸟
由于还未长出翅膀
感到软弱无力而哀鸣。

上帝啊,岁月递嬗何其快速?
在大自然和艺术的柳叶刀下
我们的心灵在呼叫,肉体正疲乏,
从而将生出第六感觉的器官。

迷路的电车

我走在陌生的街道上
突然听见乌鸦的叫声,
诗琴的琤玡和远处的雷鸣,
一辆电车在我的面前飞驰而来。

我怎么跳上它的踏板,
真叫我莫名其妙,
大白天为什么他会在
天空中留下一条火红的小径。

它像暴风骤雨般狂奔,
在无穷的时间中它迷了路……
停下,电车司机,
马上就停下。

晚了。我们已经绕过了界墙,
我们穿过了一片棕树林,
越过涅瓦、尼罗和塞纳,
我们轰轰隆隆地过了三座桥。

一个穷老汉闪现在车窗前,
接着向我们投来了探询的目光,
毫无疑问,他就是一年前
死在贝鲁特的那个老乞丐。

我在哪儿?这样困倦和惊慌,
我的心怦怦地跳着回答:
你看火车站,在那里可以
买一张到圣灵的印度的票。

招牌……用血淋淋的字母
写着:"蔬菜店"——我看见
这里卖的不是白菜,不是甘蓝
而是死人的脑袋。

一个身穿红衣服,面目狰狞的
刽子手把我的头也砍下来,
它和别的死人脑袋一起
扔在滑腻的箱底上,就在这里。

小巷里木栅栏围着一座
三个窗户的房子和荒芜的草坪……
停下,电车司机

马上就停下。

玛申卡,你曾在这里住过和唱过,
你为我,你的未婚夫织过毯子,
现在你的音容笑貌在哪里,
或许,你已经不在人间!

你在自己的小房里哀怨,
而我则盘着扑过粉的辫子
去晋谒女皇陛下,
从此不再和你会面。

如今我明白:我们的自由
只不过是从那里射来的亮光,
而人和影子则永远站在
行星动物园的入口处。

突然吹来了一阵和风,
桥的那边骑士戴着
铁手套的手和他坐骑的
两只前蹄向我袭来。

伊萨克大教堂高高耸起
像一座坚固的东正教堡垒,

在那里我为玛申卡的健康祈祷,
并为我自己做安魂弥撒。

反正心是永远忧伤,
喘息困难,活得痛苦……
玛申卡,我从未想到,
可以这样地爱和悲伤。

豹

> 如果不立即把打死的
> 豹的胡须烧掉,它的
> 灵魂将会紧跟着猎人。
> ——阿比西尼亚的信念

在寂静的深夜,
我猎杀的豹子
用魔力和妖术
占据我的房间。

人们进来又出去,
最后出去的是她。
为她我浑身血管
起伏着金色的黑暗。

深夜。耗子吱吱叫,
家神低声哼,
被我打死的豹子
在床前低诉:

"浓雾弥漫在
多布罗布朗峡谷上,
太阳红得像流血的伤口,
照亮了整个多布罗布朗。

"风把蜜和马鞭草的
气味吹向东方,
鬣狗不停地嗥叫,
把鼻子埋进了沙滩。

"我的兄弟,我的仇敌,
听见嗥叫,闻到气味,
见到烟雾了吗?为什么
你要呼吸这潮湿的空气?

"不,杀了我的凶手,你必须
死在我的国家里,
好让我再生在
豹子的族群中。"

莫非在黎明前
我会听见这狡猾的呼唤?
唉,我没有听从劝告,
没有把它的胡须烧掉。

为时已晚！可怕的力量
已经压过来：
一只有力的手在我的
后脑勺上打了个正着……

棕榈树……可怕的火焰
自天而降，烧烤着沙石池塘……
一个达那基人①拿着烧红的梭镖
埋伏在大石的后面。

他不知道，也不问
我的灵魂为何骄傲，
只是把这灵魂抛向
连他自己也不知道的地方。

我无力抗争，
我很安详，我站起来，
在长颈鹿饮水的井边
结束了我的生命。

---

① 达那基人：埃塞俄比亚的民族。

大师的祷告

我记得大师们古老的祷词：
主啊，保佑我们别让门徒出卖，

他们企图使我们贫乏的才能
去干一些丑恶的勾当。

我们喜欢直率而正直的敌人，
但他们在跟踪我们的每一步，

他们由于我们的争斗而幸灾乐祸，
看着彼得背离而犹大出卖。

只有上天知道我们力量的极限，
子孙后代会评论，谁隐瞒了多少，

至于今后我们会有何作为，
上帝知道；但已做的会和我们同在。

我们向所有嘲笑者致敬，

向所有夸奖的人——说不!

无端的责备和过分的赞扬,
对于创造的圣地都是徒劳,

真可耻你们用天仙子迷惑大师,
犹如迦太基人用大象①攻打罗马。

---

① 迦太基统帅汉尼拔用象阵进攻罗马,结果大败。

我的读者

亚的斯亚贝巴的老流浪汉,
他征服过许多许多部落,
派来了一个黑人矛枪手
用我的诗行向我问候。
指挥炮舰的海军将官
在敌人碉堡的火力下,
整夜在南方海洋上
为我背诵我的诗篇。
曾经在拥挤的人群中
射杀皇帝使者的壮士
走到我的面前握住我的手,
为了我的诗章表示谢忱。

许多强悍和欢乐的人,
许多杀人和猎杀大象的人,
许多在沙漠中渴得将死的人,
许多在坚冰下冻得将死的人,
许多忠于我们强大、
欢乐和罪恶的大地的人,

或抚摸鞍囊中我的诗卷,

或琅琅诵读在棕树林中,

或忘记了正在下沉的航船。

我多愁善感的情愫没有让他们委屈,

我心灵中的温暖没有损害他们的尊严,

我内容空洞的玄妙暗示

没有让他们感到厌烦。

可是当子弹在身边呼啸而过,

当巨浪拍断了船舷,

我教他们不要惧怕,

不要惧怕和应该怎么办。

当面庞俊俏的女人,

这面庞是世上唯一可亲的,

说:我不爱你们,——

我教会他们一笑置之,

昂首离开不复返。

当他们最后的时刻来临,

轻纱般的红色的薄雾模糊了视线,

我教他们立刻回忆起

残酷而又值得留恋的一生,

和那亲爱而又奇异的故乡,

朝着圣像中上帝的面孔

说着简单而又机智的祷词,
平静地等待他的审判。

星光下的恐惧

这是一个星光灿烂的夜晚,
星光灿烂,月色朦胧,
他跑呀跑,跑过了平原,
他跪倒在地,又爬起来,
像被射伤的兔子乱奔乱窜,
热泪纵横,顺着
皱纹深刻的脸颊,顺着
稀疏的山羊胡子潸然流下。
跟着跑的是他的儿子们,
跟着跑的是他的孙子们,
被丢弃的曾孙女
在粗布的帐篷里哭叫。

"回来。"儿子们对着他喊,
孙子们合着手掌呼叫:
"什么坏事都没有,
绵羊照样吃草,
雨水未曾浇灭圣火,

毛烘烘的狮子和凶恶的任德人①
也没有来到我们的帐篷前。"

黑黢黢的陡崖横在他的面前,
老头子在夜色中看不见陡崖,
扑通一声跌碎了骨头,
差一点摔得灵魂出窍。
他还挣扎着往前爬,
儿子们把他给拽住,
孙子们攥住他的衣裳,
他嘟嘟囔囔地说:

"灾祸!灾祸!恐怖,绞索
和监牢早已为世人准备好,
因为魔鬼邪恶的眼睛
正从天上注视着他,
竭力发现他的隐秘。
这一个晚上我照常入睡,
裹着被褥,脸朝下,
梦见一头健壮的牝牛
下垂的奶子充满了乳汁。

---

① 任德人:伊朗的少数民族。

我爬到牝牛的肚子下,

吸吮新鲜的奶汁,十分惬意,

突然间它踢了我一脚,

我翻滚了一下,醒了;

被褥丢了,我脸朝上。

还好,臭鼬的毒汁

只弄瞎了我的右眼,

否则我的两眼都瞎了,

我就成了死人。

灾祸!灾祸!恐怖,绞索

和监牢,早已为世人准备好。"

儿子们低头看着地上,

孙子们用两肘把脸遮起来,

大家默不作声地等待着

灰白胡子的大儿子说些什么,

他说了几句这样的话:

"从我有生以来,我从未

遇到任何不幸的事,

我的心正常地跳动,

就是今后我也不会遇到坏事,

我要用我的双眼

看看是谁在天上漫游。"

说完后,他立刻躺在地上,
不是脸朝下而是仰着,
大家都屏息站着,
听着和长时间地等着。
老人吓得发抖,问道:
"你看到什么了?"
他那灰白胡子的大儿没有回答。
兄弟们朝他弯下腰来。
一看,他已经断了气了,
脸变得比铜还黑,
是死神把他弄得不像样子。

嘿,女人们又哭又诉,
越哭越伤心,孩子们哀号起来,
老头子扯着稀疏的胡子,
声音嘶哑,可怕地诅咒。
八个兄弟霍地站起来,
八条强壮的汉子手握弓箭。
"射箭,"他们说,"向天上,
向那个在天上游荡的人射去……
为什么我们会遭到这样的灾难?"

然而死者的遗孀大声叫喊:

"我要报仇,不是你们要报仇!
我要看他的面孔,
要咬断他的喉咙,
挖出他的眼睛。"
她喊着,扑倒在地,
眯缝着眼睛,长久地
嘟囔着诅咒,
撕开胸前的衣服,咬着手指,
最后看了大家一眼,狞笑着,
像布谷鸟一样,咕咕地叫:

"林恩,你干吗到湖边?
林诺依亚,羚羊肝好吃吗?
孩子们,茶壶嘴打碎了,
看我收拾你们!他爹,快起来,
你看,任德人来了,拉着
许多筐带枝条的槲果
他们来做交易,不是来打仗。
这里火光通明,人群拥挤!
全部族都来了……像过节!"

老头子开始安静下来,
抚摸着膝盖上的肿块,
儿子们把弓箭放下,孙子们

壮起胆子,甚至笑起来。

但是当躺着的女人跳起,

所有的人都脸色发青,

吓得满身大汗;

不幸的女人瞪起眼睛,

狂怒乱奔,悲叫:

"灾祸,灾祸!恐怖,绞索和监牢!

我在哪儿?我怎么啦?

红色的天鹅在追赶我……

三头巨龙紧跟着我……走开野兽!

虾,别动!快走,有大角野山羊!"

就这样她狂叫不停,

像疯狗一样狂叫,

顺着山脊奔向深渊,

没有一个人去追赶。

这一群忐忑不安的人回到帐篷边,

突然围坐在悬崖上,惊魂未定。

这时已过半夜,一只鬣狗

咕噜地哼着又立刻静下来。

人们议论开了:"天上的主宰,

不管是神是兽,看来是要祭品。

要给他献一头未生育的牝牛

或者一个贞洁的少女。
一个至今一次也未曾
被男人觊觎过的少女
加尔死了,加拉伊娅疯了,
他们的女儿才满八岁,
也许拿她做祭品最好。"
妇女们赶紧跑去,
拖来了小加拉,
老头子举起了燧石斧子,
心想不如在她面向苍天之前,
给她头上凿个天窗,
这可是他的孙女儿,不忍心,
而其他人也不答应,说道:
"哪有凿破头顶的祭品?"

人们把小女孩放在石头上,
一块平整的黑石头,
至今圣火还在上面燃烧,
当人们一片惊慌的时候熄灭了。
放好了,人们垂下了头,
他们等待着小女孩死去,
大伙儿就能睡到日出。

小女孩没有死去,

她仰望,然后向右看,
他的兄弟都站在那里,而后
她又仰望,还想从石头上跳起。
老头子没有放开她,问:"看见什么了?"
她伤心地回答:
"什么也没看见。只是
天是凹的、黑的、空的、
天上到处是火,像春天
沼泽地上开满花朵。"
老头子想了想,又说:
"再看看!"加拉重又
长久地,长久地望着天空。
"不,这不是花朵,
这简直是神灵的手指,
为我们指出过去、现在
和将来所发生的一切。"她说。

人们听了不胜惊讶:
不要说是小孩,连大人
至今也不会这样说,
再看加拉脸色通红,
两眼闪光,嘴唇发赤,
双手举向天空,似乎
她想飞上天去,

突然她清脆地唱起来，

像芦苇丛中一阵和风

从伊朗的群山吹到幼发拉底河。

梅拉是十八岁的姑娘，

她也没有接触过男人，

现在她倒在加拉的身边，

望着天空也唱起来。

接着梅拉倒下的是阿哈，

还有阿哈的未婚夫乌尔，

整个部落都躺下了，

唱呀，唱呀，唱起来，

像中午雀叫，像夜晚蛙鸣。

只有老头子走向一旁，

握紧拳头，抓住两耳，

泪水从他那独眼里，

一串接一串地流下来。

他为自己从陡崖摔倒，

为自己膝盖上的肿块哭泣，

为加尔和他的孀妇，为昔时哭泣，

那时人们都放眼看着

放牧牛羊的平原，

他们帆船驶过的大河，

孩子们游戏的草地，

而不是望着黑色的天空

那里闪烁的是不可及的异邦的星辰。

 外三首

庞培和海盗

从涂成红色的船尾上
飘来了名贵香料的芬芳。
尾舱里海盗们骚动不安,
他们神色凶狠地隐藏在这里。

时而壮起胆子,时而脸色发白,
心怀叵测地窃窃私语,
他们要把庞培置于死地,
砍掉他那年轻的头颅。

多少天来他们被迫为奴,
时而顺从,时而愠怒,
他们不敢徘徊在露天下,
踱到涂成红色的船尾。

听到了叫唤,这是庞培的声音,
他正在一群妙龄少女的包围中。
他喊道:"狗崽子们,给我快点,
我的高脚酒杯快干了!"

在那灰蒙蒙的平静的海上，
他懒洋洋地用胳膊撑起身子，
用磨碎的红宝石粉末
涂着浅红色的长长的指甲。

困惑的海盗们安静下来，
不再做复仇的幻想，
奴颜婢膝地一股脑儿端来
美酒、香花和石榴。

征途上

嬉戏的日子已经过去,
凋谢了的花儿不再开。
高山的影子黑压压
掉落在我们的征途上。

连绵的山岩从两边聚拢,
裸露的巉崖望不到头,
叫人灰心和落泪的地方
蜿蜒伸展有若一条巨龙。

巨龙的脊背尖削陡峭,
它的呼吸是燃烧的飓风,
人们给这条巨龙
起了个不祥的名字:死神

怎么办?掉转船头
向来时的方向驶去,
再去耕作那
亘古以来的贫瘠的土地?

不,绝不回头,绝不回头!
好吧,那就前进
纵使前途未卜
也胜似繁华的昔日!

让我们抽出宝剑,
这海洋女神的馈赠,
去最终寻找到
那永不败落的花园。

壁炉前

影子越来越黑……炉火快烧尽了,
他独自一人两手叉在胸前站立,

呆滞的目光凝视远方,
痛苦地诉说着自己的忧伤:

"已经走了八十个日日夜夜,
我跟商队进入了异国腹地;

群山峁崰森林密布,
远处出现了奇异的城郭。

夜深人静一种可疑的嗥叫
不时从那里传到我们营地。

我们砍树木,深挖壕沟,
防备晚间走近的狮子。

但我们并不胆怯惊慌,

把火枪瞄准它们的脑门。

我在沙土下发现了古老的庙宇,
用我的名字给一条河流命名。

有五个大部落散布在湖泊的
周边,遵从着我的指令。

但我现在虚弱得如在梦中,
心灵忧伤,沉痛的忧伤;

我知道,我知道,有多么可怕,
当我被困在这密封的四壁之中;

如今连火枪的闪亮,浪涛的呼啸
都无法冲断这条锁链……"

一个妇人躲在角落里听他的诉说,
目光里流露出恶意的幸灾乐祸。

一个诗人的命运
——译后赘言

> 我相信,我思索,眼前终于闪现了
> 　　　　　　　　　　一线光明。
> 　　　　　　　　　　——古米廖夫

尼古拉·斯捷潘诺维奇·古米廖夫无疑是20世纪俄罗斯令人同情的天才诗人。1886年4月生于喀琅施塔得舰队的一个海军医生家里,出生不久,他的父亲从舰队退休,举家迁至俄国伟大诗人普希金的精神故乡彼得堡附近的皇村。正是这里的诗歌气氛唤醒了古米廖夫的诗歌天赋,他8岁就开始写诗。1900年古米廖夫一家又迁到俄罗斯另一个伟大诗人莱蒙托夫的精神故乡高加索,从年轻诗人古米廖夫诗歌创作中屡屡流露出的对大海的向往和征服新大陆的幻想中,可以明显地看出普希金和莱蒙托夫的影响。1902年9月古米廖夫第一次发表的诗作《我从闹市跑到林中……》刊登在《梯弗里斯小报》上,大约也是在这个时期,出现了少年诗人的手抄诗集《群山和峡谷》。1903年,古米廖夫一家又搬回到皇村。他到皇村中学上学,校长就是后来他在《缅怀安年斯基》一诗中将其称作"皇村学校最后的天鹅"的著名诗人因诺肯季·安年斯基:

> 记得当年，我胆怯又紧张，
>
> 走进那高大的办公室，
>
> 等待我的是一位安详和蔼，
>
> 早生华发的诗人。

在皇村中学，他的诗歌作品得到安年斯基的欣赏和鼓励。他中学没有毕业就发表了第一部诗集《征服者的道路》(1905)。但评论者认为，他此时的诗还显得幼稚，没有摆脱初学写作者的弱点。古米廖夫自己也不认为这个集子是他的成名之作，不过他仍旧珍视诗集中的某些作品，尤其是那首颇具独特风格的标志性诗歌《我是穿铠甲的征服者……》。被古米廖夫看作是自己这一时期的老师的象征派诗人巴尔蒙特和勃留索夫都对诗集作了肯定的评价："可以设想，诗集仅仅是新的征服者道路的开端，他的胜利和成果还在前头。"（勃留索夫）

1906 年，古米廖夫中学毕业后考入海军学校。整个夏天他都在航海，正如他自己所说的，是漫游女神对他的召唤。这是古米廖夫的第一次非洲之行，"我只不过是看了一下非洲大陆陌生的天空……"

这以后，他在父亲的授意下前往法国，进入巴黎有名的索邦大学，听法国文学课。此时他发表了两篇他最早写作的文艺评论：《巴黎俄国新艺术展》和《两个沙龙》。他开始尝试小说创作，模仿意大利文艺复兴时期的创作风格写了三篇总题目为《欢乐的世上爱情》的短篇小说，后来收进小集子《棕榈树荫》中。这些作品显示了古米廖夫脱离象征主义的影响，向现实主义转变的最早迹象。

1908年，他的第二部诗集《浪漫之花》在巴黎出版。他仍旧以征服者的面貌出现在新的集子里，作品还保留有象征主义的诗歌特征。同年4月，他回到了俄罗斯，进入彼得堡大学法律系，一年以后他转到历史—语文系。1908—1909年之交，他第二次出发到非洲，这次是作为拉德洛夫院士的探险队队员，他到了非洲的阿比西尼亚（今埃塞俄比亚）。他研究阿比西尼亚的民间创作，这些民间创作成了《阿比西尼亚之歌》的主要内容（见诗集《异国的天空》）。

1910年春天，古米廖夫和安尼亚·戈连科结婚（两年后，她以安娜·阿赫玛托娃的笔名发表了第一部诗集《黄昏》，从此随着她的诗歌创作日益丰富，这一笔名便远播俄国内外）。正是在古米廖夫新婚宴尔的这一年，他的第三部诗集《珍珠》出版了。评论界对这部诗集评价不高，指责他塑造的形象平淡无奇，情节简单，纯粹是辞藻堆砌。但集子中仍旧有许多像《船长们》一样结构完美的作品。

1911年，古米廖夫鉴于象征主义的危机，便和戈罗捷茨基等志同道合者一起建立了所谓的"诗人车间"，其机关刊物就是《北极》（1912—1913）。此后在"诗人车间"内部又产生了彼得格勒青年诗人新的文学流派——阿克梅派，"古米廖夫在《阿波罗》杂志1913年第1期上发表《象征主义的遗产与阿克梅主义》一文，它和诗人戈罗捷茨基的文章一起成为阿克梅派诗人的宣言。这一派的名称是其创作者取自希腊文'阿克梅':它的概念意味着现实和人世的一切活动都充满蓬勃的生机"。

1914年,古米廖夫第四部诗集《异国的天空》出版了。他在这部诗集中直接而全面地体现了阿克梅主义的原则。收在集中的《阿比西尼亚之歌》(包括《战歌》《五头公牛》《女奴》和《桑给巴尔的姑娘们》等四首)被认为十分明显地表现了社会的主题。这一诗集还有第二部分,题为《献给安娜·阿赫玛托娃》,包括《守护天使》《两株玫瑰》等八首。

1912年10月,他和阿赫玛托娃的儿子诞生了。"啊!命运给了我一个面带笑容的宝宝!"安娜·阿赫玛托娃在儿子诞生后写道。

1913年4月,古米廖夫把妻儿留在斯列普涅沃村的家里由母亲照顾,自己作为科学院探险队队长出发前往非洲,这是他的第三次非洲之行。

古米廖夫作为无所畏惧的浪漫主义者和具有征服者心灵的探险家,他在第一次世界大战一开始就志愿上前线,他当了轻骑兵准尉,由于作战十分彪悍勇敢,两次获得圣乔治十字勋章。他把前线的经历和感受写成诗歌以及《轻骑兵手记》。战争改变了古米廖夫的世界观,改变了他对许多事物的看法,但他仍保持作为一个艺术家不同于时代的独立精神和自尊。反映了诗人内心这些感受的集子《箭囊》于1916年出版,其中收集了许多和战争有关的诗歌,如《战争》《进攻》等。诗集中的非洲主题也十分突出,如《非洲之夜》，使人联想起英国作家吉卜林①的诗歌风韵。诗集《箭囊》开始了诗人创作的第二时期（最后一个时期），这是古米廖夫抒情诗形象的成熟期。除了《箭囊》外，还有1918年出版的诗集《篝火》，1921年出版的诗集《帐篷》，以及诗人死后出版的诗集《火柱》（1921）。从1916年到1921年这短短的六年间相继出版的这四部诗集的名称上，可以看出诗人对历史时空，对俄罗斯主题与异国情调的兴趣，也就是对时空变化的相互作用的哲理思考。这种思考始于《箭囊》终于《火柱》。1918年诗集《篝火》的出版标志着诗人的创作中出现了俄罗斯主题。他写作回忆童年的充满激情的诗歌，写涅瓦河的流水，赞美俄罗斯第一个画家安德烈·鲁勃廖夫的绘画，思考拉斯普京不祥的身影（诗歌《农夫》），描写俄罗斯火红的秋天，横跨着桥梁的宽阔的河流边上的外省小城。此外诗集也反映了他在北方的旅游（诗歌《瑞典》《挪威的群山》《斯德哥尔摩》《在北海上》）等等。

十月革命的那些日子，古米廖夫不在俄国。他本来可以像同是象征派诗人的巴尔蒙特那样在十月革命后举家迁往巴黎。"古米廖夫作为一位艺术大师，具备了20世纪诗歌文化的许多特色和长处；是一位浪漫主义者和大胆的航海家、探险家，无畏和无可指责的勇士，他热爱祖国俄罗斯：

---

① 吉卜林（1865—1936），英国作家，著有诗歌《营房歌谣》等。

像巨大的雷声，

像汹涌的海水，

俄罗斯宝贵的心脏，

在我胸中均匀地跳动"。

1918年初，古米廖夫从巴黎到了伦敦，然后取道斯堪的纳维亚和阿尔汉格尔斯克回到了彼得格勒。这一年他和阿赫玛托娃离婚。不久以后他同安娜·尼古拉耶芙娜·恩格尔哈特结婚，他们生有一子一女。

1918年至1921年，古米廖夫在高尔基领导的《世界文学》出版社工作，他是编辑委员会的成员，负责法国文学组。高尔基高度评价他的工作和创作，他与勃洛克和罗津斯基同为诗歌组的编辑。他翻译和编辑出版了柯勒律治的《老船夫之歌》（一译《古舟子吟》）、《罗宾汉故事诗》（高尔基序）、P. 索乌蒂的《叙事诗》、巴比伦史诗《吉尔伽美什》、中国诗集《琉璃凉亭》、海涅长诗《阿塔·特罗尔》，并同楚科夫斯基和巴丘什科夫一起撰写翻译理论。到1919年底，他已为《世界文学》出版社译完了法国民歌，翻译了一些伏尔泰、朗费罗、勃朗宁、海涅、拜伦、格里芬、兰波、罗曼·罗兰等作家的一些著作。更早在1914年，就由他翻译出版了法国著名诗人戈蒂耶的诗歌全集，绝妙的译笔被誉为"传神的译作"。

1921年1月，他当选为全俄诗人协会彼得格勒分会主席和别热茨克分会的荣誉主席。同年，由于他的离国而停止活动的"诗人车间"，在他的参与下重新恢复了，即

"诗人第三车间"。他参加艺术语言学院和文学培训班"艺术之家"的活动。除此之外,他和高尔基、楚科夫斯基一起在无产阶级文化培训班和第一民兵文化启蒙公社讲课,也给红军战士讲课。这一年他出了最后两部诗集:《帐篷》和《火柱》。前者是关于非洲的诗集,本书从中挑选了《前言》《红海》《索马里》《霍屯督人的宇宙观》《赤道森林》等五首,它们描写了丰富多彩的非洲大陆的异国情调。后者(《火柱》)是在古米廖夫死后出版的。评论家认为集中所收的诗作:《记忆》《第六感觉》《迷路的电车》《星光下的恐惧》,以及未完成的《创世的长诗》(《龙》)等等,是诗人创作的巅峰,是对世间一切和人类的颂赞,是对宇宙起源的探索。《火柱》收集了1918年古米廖夫自欧洲回国至1921年被捕夺命前的诗作,它证明诗人这些年已经常常思考生活,他的传记作者之一鲁克尼茨卡娅写道:"在政治上完全无知的古米廖夫有他自己的'理论',即不管你抱有何种信念,你都必须忠诚地问心无愧地为祖国服务,而不问存在何种政权。因此他承认苏维埃政权,认为在一切方面都要忠于职责……'诗人不须过问政治'。他想在他和苏维埃政权之间存在着某种'君子协定'……在1919至1920年的转折点上,许多旧知识分子的代表人物都持有这种想法,他们不肯侨居国外而接受了苏维埃政权……"当然,苏维埃政权头几年的俄罗斯现实也让他不安,一种不祥的命运正向他们降临,在他所写的《星光下的恐惧》中有这样的诗行:

> 灾祸！灾祸！恐怖，绞索
>
> 和监牢早已为世人准备好。

1921 年 8 月初的一个晚上，他照常为年轻人讲课，他的情绪非常好，课后还一直留下来和学生们一起笑谈，直到深夜两点钟才由几个男女学生陪伴着走回彼得格勒莫伊卡街区，这里曾经是普希金最后生活过的地方。当他们走到门前互道"再见"时，从停在台阶旁边的一辆汽车上走出几个契卡人员，入屋搜查，然后把他带走了。他曾经写道：

> 我幻想，人们在谈俄罗斯，
>
> 这一广袤无垠的国度时，
>
> 会说："那是一个佳丽如云，
>
> 勇士无数的国家。"

诗人尼古拉·古米廖夫就是一个无畏的勇士，他是从容、镇静、含笑饮弹而终的！六十五年后，当诗人诞生一百周年之际，苏联政府为其平反昭雪，恢复名誉："你将傲然屹立，有如一面旗帜！"

写到这里本该搁笔了，但译者在翻译过程中总为诗人古米廖夫的被害而感到无限同情和惋惜，多么可悲的俄苏文坛，自 19 世纪 30 年代开始至 20 世纪 40 年代初，多少天才、杰出的诗人，不是被杀，便是自杀：普希金、莱蒙托夫、古米廖夫、叶赛宁、马雅可夫斯基、曼德尔施塔姆、茨维塔耶娃等等！诗人古米廖夫令人痛心的结局，只是上述众多诗人悲惨命运的一个案例！正如他的诗篇《第六感觉》中所问的：

寒天上玫瑰色的落霞

和那静谧的非尘世的安宁，

面对着这不朽的诗篇

我们将情何以堪？

一题多解，诗无达诂，不妥之处，请读者正译。

关引光2017年夏

图书在版编目（CIP）数据

第六感觉:古米廖夫诗选/（俄罗斯）古米廖夫著;关引光译. —济南:山东文艺出版社,2018.6
（雅歌译丛/汪剑钊主编）
ISBN 978-7-5329-5644-9

Ⅰ.①第… Ⅱ.①古… ②关… Ⅲ.①诗集—俄罗斯—现代 Ⅳ.①I512.25

中国版本图书馆 CIP 数据核字（2018）第 097172 号

第六感觉
古米廖夫诗选

〔俄罗斯〕古米廖夫 著　　关引光 译

主管单位	山东出版传媒股份有限公司
出版发行	山东文艺出版社
社　　址	山东省济南市英雄山路 189 号
邮　　编	250002
网　　址	www.sdwypress.com
读者服务	0531-82098776（总编室）
	0531-82098775（市场营销部）
电子邮箱	sdwy@ sdpress.com.cn
印　　刷	山东德州新华印务有限责任公司
开　　本	850mm×1168mm　1/32
印　　张	9
字　　数	189 千
版　　次	2018 年 6 月第 1 版
印　　次	2018 年 6 月第 1 次印刷
书　　号	ISBN 978-7-5329-5644-9
定　　价	48.00 元

版权专有，侵权必究。如有图书质量问题，请与出版社联系调换。